Inge Baacke, Sonja Wahl, Ulrike Selje

Der Höhenflug des Sahnehäubchens im Urwald

43 Geschichten aus drei Stichworten

Die Autorinnen

Inge Baacke nahm nach einer Auszeit von 15 Jahren den Unterricht in den Fächern Französisch und Deutsch wieder auf. Mit dem eigenen, regelmäßigeren Schreiben begann sie erst nach der Pensionierung. Konflikte in Beziehungen findet sie besonders spannend.

Sonja Wahl hat an der Universität Tübingen ein Studium zur Diplom-Kauffrau abgeschlossen. Ihre Leidenschaft galt schon immer dem Schreiben. Erfahrung konnte sie hierbei bereits in jungen Jahren bei einem örtlichen Verlag sammeln. Ihr Genre sind unterhaltsame Kurzgeschichten, die das tägliche Leben lustig und spannend erzählen.

Ulrike Selje unterrichtete viele Jahre Biologie, Geographie und Astronomie. Schon als Kind schrieb sie ihre ersten kleinen Geschichten. Doch erst nach ihrer Pensionierung machte sie das Schreiben zu ihrem Hobby. In ihre Texte fließen Erfahrungen aus den Bereichen Politik und Umwelt ein, in denen sie noch immer mitarbeitet.

Inge Baacke, Sonja Wahl, Ulrike Selje

Der Höhenflug des Sahnehäubchens im Urwald

43 Geschichten
aus drei Stichworten

Bibliografische Information der Deutschen Nationalbibliothek:
Die deutsche Nationalbibliothek verzeichnet diese Publikation in der deutschen Nationalbiografie; detaillierte bibliografische Daten sind im Internet über dnb.dnb.de abrufbar.

Herstellung und Verlag:
BoD - Books on Demand, Norderstedt

Cover:
Renee Rott – Dream Design - www.cover-and-art.de

ISBN: 9783757817183

Inhalt

Das Buch

Bei den Texten handelt es sich um fiktive Geschichten und Erzählungen. Jede Ähnlichkeit von lebenden und verstorbenen Personen oder realen Begebenheiten sind rein zufällig und nicht beabsichtigt.

Vorwort

Drei Autorinnen entwickelten aus je drei gleichen Stichwörtern drei völlig verschiedene Geschichten. Sie handeln von menschlichen Schwächen, Träumen, Gefühlen, Erfahrungen und Entscheidungen, die das Leben für immer prägen.

Lassen Sie sich überraschen, welch unterschiedliche Geschichten zum Beispiel über **Höhenflug, Sahnehäubchen** und **Urwald** entstehen können.

So sammelte sich eine Vielfalt von Geschichten an, von denen 43 für dieses Buch ausgewählt wurden.

Inge Baacke lässt ihre Leser an den inneren Konflikten ihrer Akteure teilhaben oder bringt sie mit einfühlsamen Beschreibungen zum Schmunzeln.

Sonja Wahl richtet ihren Fokus auf die unauffälligen Begebenheiten des Alltags oder entwirft Geschichten, in denen die Protagonisten die Verwirklichung ihrer Wünsche und Ziele auf unerwarteten Wegen finden.

Ulrike Selje beschreibt die Schicksale von Menschen, die sich in Extremsituationen befinden oder überrascht ihre Leser mit einem unerwarteten Ende.

Inge Baacke, Sonja Wahl, Ulrike Selje

HÖHENFLUG – SAHNEHÄUBCHEN – URWALD

Inge: Hoch hinaus

Keine Frage, sie war aus den Fugen geraten in den Monaten der Pandemie. Nach der 3. Etage hämmerte das Herz, der Atem ging unangenehm heftig. Sich mit dieser Entwicklung zu versöhnen, gelang ihr nur selten. „Wär' dumm, wenn du nicht schnaufen würdest", konterte die Freundin das unnötige Gejammere. „So fit, wie du bist, also bitte."

Dass sie zweimal die Woche im Wohnzimmer Gymnastik machte, fast eine Stunde lang, dass sie vor der Arbeit joggte, um wenigstens den Rest Fitness zu bewahren, hatte sie der Freundin nicht verraten. Aber so langsam schwand selbst ihre Motivation.

Dann gab es erste Anzeichen für eine Lockerung. Sie war wie beflügelt. Sie wälzte Urlaubskataloge, schmiedete Reisepläne. Ein Aufreger musste her, ein Highlight nach dieser monatelangen, zermürbenden Langeweile und dem Eingesperrtsein. Die Safari durch Botswana, ihre Traumreise, würde sie noch nicht buchen. Wer konnte sicher wissen, dass das Virus besiegt war, eine Rückkehrgarantie hatte der Gesundheitsminister bereits verneint und überhaupt, die neue, afrikanische Mutante von Corona ...

Aber die Sehnsucht nach etwas Besonderem durfte sie jetzt schon haben, etwas, das die anderen wenigstens ein bisschen neidisch machte. Immer waren die so schrecklich abgeklärt, gaben sich so blutleer, so emotionslos einverstanden mit allen Einschränkungen.

Ihre Abenteuerlust war geweckt, als sie vergangenen Freitag auf Arte diese Doku gesehen hatte. Auf **urwald**ähnlichem Gelände hatte da ein Start-Up über die letzten Jahre ausgefallene Übernachtungsmöglichkeiten in luftiger Höhe errichtet und erprobt. Steile Leitern führten zu den Bäumen hinauf, bei zwei von den Angeboten waren Kletterkünste gefragt. Der Boden der hüttenähnlichen Behausungen war bei einigen um einen Baumstamm herumgebaut oder thronte, wie ein Adlerhorst, in dessen Krone. Baumhausträume für Erwachsene, **Höhenflüge** für Erdbewohner!!!!

Offenbar gab es dort weder Strom noch Wasser und natürlich auch keine Toilette. Vielleicht bin ich sogar Selbstversorger, hatte sie erst vermutet. Aber es gab einen Automaten, wenn auch einen Kilometer entfernt. Dort konnte man sich mit dem Allernotwendigsten eindecken, laut Beschreibung wurde der regelmäßig aufgefüllt.

Von so einem Urlaub zu erzählen, würde schon was hermachen. Sie hatte sich vorgenommen, die sogenannte Gondel zu wählen. Eine Art Bett auf einem Brett, das frei über dem Abgrund baumelte und zu dem man sich vom „Bau" aus an einem Seil hinüberhangeln musste. Sicherheitshalber war ein Fangnetz gespannt. Den freien Nachthimmel über sich haben, den Elementen ausgesetzt sein: Das würde das **Sahnehäubchen** bei ihrem Urlaub werden, schwärmte sie den Freundinnen vor.

Sie verstärkte ihr Training: Liegestütze, Klimmzüge und was ihr sonst noch erforderlich erschien, baute sie in ihr Wochenendpensum ein. Noch sechs Wochen bis zum Urlaub. Das war zu schaffen. Schwindelfrei war sie ja.

Schließlich kam der große Tag. Längst war der Rucksack gepackt, ausgeräumt und erneut gepackt worden. Die Versorgungsliste mehrfach überprüft. Erst Häkchen, dann Kreise um die Häkchen, dann Marker in diversen Farben. Alles war perfekt und los gings.

Bis auf ihre Bleibe waren bereits alle „Nester" bezogen. Die vor ihr Angekommenen grüßten die neue Bewohnerin neugierig aus mehr oder weniger großer Höhe. Lag da nicht Hochachtung in deren Blick? Sie bemühte sich, möglichst zielstrebig auf das eigenwillige Ensemble zuzugehen, das sie als ihr

„Nest" mit angehängter Gondel ausmachte. Tatsächlich, das Nachtlager in mindestens acht Metern Höhe. Sie fand es nun doch unangenehm, so im Fokus der Aufmerksamkeit zu sein, gab sich aber unbeeindruckt.

Wie gut sie die neue Situation meisterte, begeisterte sie selbst. Sie versorgte sich zunächst von dem mitgebrachten Proviant, trank auch wenig, um die Zahl der Kletterpartien gering zu halten. In der ersten Nacht war an Schlaf nicht zu denken. Sie überwachte sorgsam ihre Position auf dem Brett und griff dankbar nach den vorsorglich angebrachten Haltegurten. Auch die für Regengüsse vorgehaltene Plane registrierte sie mit Erleichterung.

Die ungewohnte Rückenlage störte noch in der dritten Nacht. Sie fand wenig Gefallen daran, im Unterholz umherzustreifen, auch verband sie wenig mit den „Gefährten", wie die Mitbewohner im Prospekt hießen. Sie litt unter der von ihr so nicht erwarteten Schwüle und auch der Himmel spielte nicht mit im Konzert ihrer Wünsche.

In der vorletzten Nacht konnte sie endlich den Sternenhimmel sehen. Sie hatte sich mit der erzwungenen Lage ausgesöhnt und lag reglos, in der festen Absicht, das Sternenmeer ausgiebig zu genießen.

Dann ein Erschrecken und ein Schrei. Etwas Feuchtes hatte sie offenbar aus dem Schlaf gerissen. Sie unterdrückte den Impuls, mit der Hand über das Gesicht zu wischen, griff stattdessen nach ihrem Handy. Durch die verklebten Wimpern hindurch entzifferte sie unter heftigem Blinzeln zunächst die Uhrzeit. Dann drückte sie auf Foto, dann auf Selfie, um die Sache zu begutachten, und fand ihre Vermutung bestätigt: Ein erklecklich großer, weißgrauer Batzen hatte sie aus dem nächtlichen Himmel getroffen. Hektische Bewegungen ihrerseits waren die Folge. Einige Minuten vergingen, bis sie sich wieder im Griff hatte. Den Rest der Nacht verbrachte sie unruhig, in allerlei Erwägungen verstrickt.

Schon wieder im Halbschlaf beschloss sie, den misslichen Segen bei den vermutlich hellhörig gewordenen Mitbewohnern herunterzuspielen. Bei den Freundinnen zu Hause würde sie das widerwärtige Ereignis unterschlagen, die würden sonst gewiss auf die Idee kommen, den ekligen Batzen als ihr Sahnehäubchen zu verkaufen.

Noch am Morgen war sie vom Maß ihrer Selbstüberwindung wie beflügelt.

Sonja: Freiheit

Mit einem großen Stück Erdbeerkuchen, auf dem ein riesiges **Sahnehäubchen** thronte, saß Elfriede in ihrem Gartenstuhl und schaufelte genüsslich Gabel für Gabel in sich hinein. „Mmmmh", das schmeckte herrlich. Noch ein wenig Zucker darüber, mehr brauchte sie nicht. Besonders das Sahnehäubchen ließ sie langsam im Mund zerfließen und dabei ihren Blick über ihren schönen, neuen Garten schweifen.

Endlich hatte sie den Garten so gestalten können, wie sie es wollte, naturnah und lebendig. Ulrich, ihr verstorbener Mann, hätte es als **Urwald** bezeichnet. Früher war es sein Reich gewesen. Jeden Samstag mähte er den Rasen, damit keine Kräuter wachsen konnten. Steril, wie grün angestrichen, sah der Garten aus. Jetzt blickte sie auf ein buntes Blumenparadies.

Auch im Haus, in dem sie alleine lebte, gestaltete sie alles nach ihren Wünschen. Oft bis tief in die Nacht. Noch nie in ihrem Leben hatte sie sich so wohlgefühlt. Sie erlebte wahre **Höhenflüge**.

Nun konnte sie tun, was sie wollte. Auch, wenn das nur bedeutete, große Stücke Kuchen zu essen. Selbst die hatte sie sich früher nicht gegönnt.

Elfriede schmunzelte. Sogar die wöchentlichen Besuche beim Hausarzt waren ihr als eine willkommene Möglichkeit erschienen, um mit anderen Menschen ins Gespräch zu kommen. Dann fühlte sie sich als Teil einer Gemeinschaft und lebte auf.

Inzwischen störten sie die mahnenden Worte ihres Arztes, wenn er ihr erklärte, dass ihr Cholesterinspiegel schwindelerregende Höhen erreicht habe. Sie beschloss, diese Besuche aufs Notwendigste einzuschränken.

Wieder nahm sie eine Gabel von dem fetten, süßen Kuchen zu sich und ließ ihn auf der Zunge zergehen.

Endlich fühlte sie sich frei. Verzicht gab es in ihrem Leben nicht mehr!

Ulrike: Der Wettkampf

Sie stolpert über einen dicken Ast, der quer über dem Weg liegt, fängt sich aber gerade noch auf, bevor sie stürzt. Das darf sie auf keinen Fall. Wenn sie sich verletzt, dann war alles umsonst, dann wird sie ihr Ziel nie erreichen. Auch das Tablett, das sie auf der ausgestreckten Hand trägt, darf nicht zu Boden fallen. Es wird von einer halbkugelförmigen, silbernen Haube bedeckt, so wie ein Menügang in einem Gourmetlokal. Was darunter ist, weiß sie nicht. Die Aufgabe lautet, dass sie es unversehrt über die Ziellinie tragen muss. Nur dann hat sie gewonnen.

Jedes Jahr liegt etwas anderes unter der Haube. Dieses Jahr ist es leichter als im vorangegangenen. Das spürt sie beim Tragen. Dafür ist der Parcours schwieriger, scheint ihr.

Sie muss weiter, so schnell, aber auch so vorsichtig wie möglich. Fast schon treibt sie Panik an. Doch das merkt sie nicht. Sie befindet sich auf einem **Höhenflug**! Adrenalin überflutet ihre Adern und stachelt ihren Körper zu Hochleistungen an.

Schon kommt der dritte tiefe Graben, den sie überwinden muss. Mit Bedacht macht sie Schritt für Schritt in ihn hinab. Am Grunde fließt ein kleiner Bach - egal, die Schuhe sind sowieso schon vermatscht und die nassen Füße spürt sie nicht.

Sie muss weiter. Da hört sie lautes Schnaufen hinter sich. Umdrehen kann sie sich nicht, das würde zu viel Zeit kosten. Sie weiß auch so, dass sie schneller laufen muss. Bei der Überquerung des Grabens hat sie wertvolle Sekunden verloren.

Der **Urwald**, durch den sie sich hindurchkämpfen muss, wird dichter. Sie erkennt den Weg nur noch an den Markierungen der Bäume. Sie muss ihr Tempo verlangsamen, um nicht über am Boden liegende Äste zu stolpern. Das Gezwitscher der Vögel, das Knacken von Zweigen, das Rascheln der Blätter im Wind. Alles vermischt sich in ihren Ohren zu einem Ton. Sie nimmt nur die Geräusche ihrer Konkurrentinnen wahr.

Doch das Schnaufen hinter ihr ist weg. Sie hat ihre Verfolgerin abgehängt!

Ein lauter Schrei neben ihr! Oje! Jetzt ist wohl eine der Läuferinnen gestürzt, hat sich womöglich verletzt. Eigentlich sollte sie nach ihr sehen, um zu helfen. Doch dann? Dann wären alle Mühen der letzten Monate vergeblich gewesen. Dann würde sie nie den ersehnten Preis erringen. Den Preis, von dem sie schon seit Jahren träumt. Nein, sie kann es sich nicht leisten, nach der Anderen zu schauen. Auch sie könnte stürzen und sich verletzten. Dann würde sich auch niemand um sie kümmern. So ist dieser Wettkampf. Wer mitmacht, weiß, auf was sie sich einlässt. Also weiter, so schnell wie möglich. Sicherlich hatte sie dieses Zaudern schon wieder wertvolle Sekunden gekostet.

Dann steht sie vor einer Weggabelung. Und nun? Nirgendwo ein Zeichen. Ihr Herz schlägt bis zum Hals. Da sieht sie vor sich, zwischen den Bäumen, eine Bewegung. Da läuft jemand! Das wird die richtige Richtung sein. Doch das heißt auch, eine Läuferin ist vor ihr! Das darf nicht sein! Sie muss sich noch mehr anstrengen. Bloß nicht stolpern – elegant über alle Äste hinwegspringen, wie ein Reh auf der Flucht. So fühlt sie sich auch.

Heute will sie endlich die Erste werden. Sie will, dass ihr Traum nach Jahren der Mühen in Erfüllung geht.

Sie will ihr Siegerbild in der Zeitung sehen. Das wäre ihre verdiente Krönung!

An diesem Wettkampf nehmen jedes Jahr nur die weltweit zwanzig besten Athletinnen teil. Sie gehört schon seit Jahren dazu. Ihre zahlreichen Trainingsstunden, für die sie so viel aufgegeben hat, müssen sich endlich bezahlt machen. Heute muss der große Tag sein, an dem sie es ist, die die Lorbeeren nach Hause trägt!

Aber vor ihr läuft noch eine Konkurrentin. Schneller, schneller, treibt sie sich an, bis zum Ziel kann es nicht mehr weit sein. Sie rennt, mobilisiert ihre letzten Reserven - doch sie kommt der anderen nicht näher. Das darf doch nicht wahr sein! Eine Andere will ihr den ersehnten Sieg vor der Nase wegschnappen!

Der Wald lichtet sich. Sie sieht die Strecke wieder vor sich. Die andere ist nicht weit von ihr entfernt. Doch wird sie sie noch überholen können? Sie will doch nicht die knappe Zweite werden! Dafür hat sie nicht trainiert! Sie will siegen! Doch noch ist die vor ihr ihrem Sieg im Weg! Sie spürt, wie ihre Kraft zur Neige geht, sie weiß, sie wird sie nicht mehr einholen können.

Da schnappt sie sich mit der freien Hand einen herunterhängenden Ast, holt aus und schmeißt ihn in Richtung ihrer Kontrahentin. Diese schreit auf und stürzt. Nichts wie vorbei!

Sie schafft es! Niemand ist mehr vor ihr! Sie ist die Erste! Ein Glücksgefühl überflutet sie schon vor dem Ziel! Die Zuschauer jubeln ihr entgegen! Sie ist die Beste von allen! Sie ist die diesjährige Siegerin!

Kurz vor der Ziellinie reißt sie euphorisch die Arme nach oben und stößt einen Jubelschrei aus! Dabei fliegt das Tablett mit dem Deckel in hohem Boden durch die Luft.

Kurz vor der Ziellinie liegt ein zermatschtes **Sahnehäubchen** – das, was sie unversehrt über die Ziellinie tragen muss, um zu gewinnen.

FREIHEIT – HEIMAT – RAUCH

Inge: Kopflos

An diesem Morgen ist es bitterkalt. Ich muss in aller Frühe zum Zahnarzt. Auf meinem Weg durchs Treppenhaus denke ich noch, wie gut, dass mein Auto in der Garage steht. Kein Freikratzen, keine steifen Finger.

Ich starte den Wagen. Im Radio sucht Fischer-Dieskau als ewiger Wanderer nach der **Heimat**. Weg mit dem Schmachtfetzen, auch wenn es das Lieblingslied meines Vaters war.

Vorsichtig rolle ich aus der Garagenausfahrt, biege großräumig nach rechts in die Straße ein. Um diese Zeit kann ich mir diese **Freiheit** erlauben. Kein Auto in Sicht. Ich werde pünktlich vor Ort sein und gewiss bald wieder zu Hause.

Die Ampel an der Einmündung nach Urach steht auf Rot. Auch hier kein Auto vor mir. Ich fahre gemächlich auf die Kontaktlinie zu. Was ist das? Vor meiner Windschutzscheibe steigt dichter, grau-schwarzer **Rauch** auf. Die Säule wächst und wächst. Sie muss aus meiner Motorhaube kommen. Schnell den Motor abgestellt. Nur kein Feuer! Unwillkürlich umklammere ich mit beiden Händen das Steuerrad. Als ob das helfen könnte! Die Ampel steht jetzt auf Grün, wie ich durch die lichter werdenden Schwaden erkennen kann. Jetzt nicht starten. Eine Explosion und es ist aus mit mir.

Kein Auto aus Urach, die Gegenspur frei. Ich reiße die Autotür auf und steige aus. Was tun? Wo Hilfe finden? Es wird doch niemand kommen und mich über den Haufen fahren?

Ein Sanka verlangsamt, hält ohne zu hupen, obwohl mein Auto ihm im Weg steht. Die Gefahr, dass jemand auf meinen Wagen auffährt, ist fürs erste gebannt. Hinter dem Steuer zwei junge Männer. Ich renne gestikulierend auf sie zu. Auf keinen Fall darf ich sie an mir vorbeiziehen lassen. Sie erkennen meine Not, beratschlagen durch das geöffnete Seitenfenster mit mir, der völlig Kopflosen.

„Hier können Sie unmöglich stehenbleiben. Am besten drehen Sie und fahren fürs erste in den Feldweg dort rechts."

Natürlich, der Weg in die Felder, das ist die Rettung. Die Rauchschwaden haben sich mittlerweile verzogen. Mit reichlich Panik im Bauch und völlig verkrampfter Haltung wage ich den Neustart, drehe auf der Straße, dank der Lücke, die sie für mich freimachen, rolle von dort langsam aufs freie Feld.

Gerettet! Der Sanka ist schon abgebogen. Weil es im Wagen nach Gummi stinkt, stürze ich ins Freie. Ich trage den warmen Mantel. Das Handy ist in der Tasche

– was für ein Glück! Mit zittrigen Fingern tippe ich die Nummer des Zahnarztes. Meine Entschuldigung leuchtet ein. Danach rufe ich den Abschleppdienst meiner Werkstatt. Die ist gleich um drei Ecken.

Der Mechaniker hat zum Glück keine Kunden, verspricht, sich gleich auf den Weg zu machen. Aber es dauert und dauert. Schon bin ich durchgefroren unter dem eisigen Wind, rette mich zurück ins Wageninnere. Wieder reizt die rauchige Luft Augen und Hals. Die Scheiben müssen offenbleiben. Keine Chance so wieder warm zu werden. Zehn Minuten, zwanzig Minuten... Endlich kommt der Abschleppwagen in Sicht. Sie kommen zu zweit. Mein Auto wird angehängt. Ich übergebe das Steuer, kann mich fallen lassen, aufatmen.

Das ist nochmals glimpflich abgegangen: kein Unfall, keine Explosion.

Die Vermutung des Mechanikers: Ein Dichtungsring hat sich gelöst und ist am heißen Motor verschmort. Daher der Rauch und der beißende Gestank. Die Kosten werden sich wohl im Rahmen halten, schätzt er. Zum zweiten Mal kann ich aufatmen.

Als zu Hause der Adrenalinschub nachlässt, wird mir mein Kapitalfehler klar.

Niemals das Auto verlassen, solange die eigene Sicherheit nicht hundertprozentig gewährleistet ist.

Sonja: Auszeit

„**Freiheit**", dieses Gefühl stellte sich bei Jürgen ein, als er aus dem Flieger stieg. So hatte er es sich immer vorgestellt. Sonne, Strand und Meer und ein Surfbrett unter den Füßen. Dazu hatte er einen längeren Urlaub genommen und eine entsprechende Location gesucht. Er wollte herausfinden, ob es im Leben nicht mehr gab als Arbeit, Verantwortung und Pflichten. Und ob er tatsächlich seinem bisherigen Leben den Rücken kehren wollte.

Jürgen schulterte sein Traveller-Bag und schlurfte in das Flughafengebäude. Die kleine Halle war schnell durchquert und auf der anderen Seite wartete schon ein junger Mann mit Dreadlocks und einem Schild, auf dem sein Name stand.

„Hi, ich bin Jürgen", begrüßte er den Wartenden. „Willkommen, ich heiße Franz", meinte der und klatschte ihn ab. Er ging mit ihm zu einem Jeep und Jürgen warf seine Tasche auf den Rücksitz. Sie fuhren vorbei an kleinen fjordartigen Buchten, Richtung Norden auf der Insel Gozo. Jürgen konnte sich an der schönen, kargen Landschaft und dem herrlichen Blau des Wassers nicht sattsehen. Je länger sie unterwegs waren, desto größer wurde seine Vorfreude. Er hatte schon jetzt das Gefühl, die richtige Entscheidung getroffen zu haben.

Nach circa einer Stunde Fahrt kamen sie in einer einsamen, kleinen Bucht an. Diese wurde rechts und links von zwei schönen Hotels gesäumt. Jürgen stieg aus und schnappte seinen Rucksack. Er blickte sich um und lächelte. Es war genau so schön, wie er es sich vorgestellt hatte.

Im Camp angekommen, herrschte bereits geschäftiges Treiben. Der Cheftrainer Leo sichtete den Zustand des Camps. „Super, dass deine Anreise so gut geklappt hat, dann kannst du dich ja gleich nützlich machen", meinte Leo nach einer kurzen Begrüßung. „Nimm dir die Ausrüstungen vor und sortiere die reparaturbedürftigen Sachen aus."

Irritiert stellte Jürgen seinen Rucksack in die Ecke und war den restlichen Tag mit diesen Aufgaben beschäftigt. Trotz des wunderbaren Wellengangs stand er nicht einmal auf dem Brett. Um sieben Uhr trommelte Leo alle zusammen, stellte Jürgen kurz vor und endete mit der Ansage: „Um halb acht alle am Lagerfeuer."

Als er kurze Zeit später dort ankam, saßen die ersten fröhlich plaudernd zusammen und der **Rauch** des Feuers lag in der Luft. Im Laufe des Abends kam er mit allen ins Gespräch und freute sich über die lockere Runde. Todmüde fiel er ins Bett.

Von Anfang an musste er die im Camp geltenden Regeln beachten. „Kein Techtelmechtel mit Surfschülerinnen", hatte ihn der Trainer schon am ersten Tag ermahnt. „Morgens schaust du als erstes auf deinen Arbeitsplan am schwarzen Brett", lautete die nächste Ansage. „Der wird täglich neu geschrieben. Wenn einer ausfällt, werden die Aufgaben auf den Rest verteilt."

Die Liste war lang und umfasste neben dem Surfunterricht auch die Ausrüstung und den Sicherheits-Checkup. Die täglichen Besprechungen fanden beim Abendessen statt. Jürgen musste sich Mühe geben allen Anforderungen nachzukommen und dabei freundlich und gelassen mit den Surfschülern zu arbeiten.

Beim Unterrichten hingegen hatte er viel Spaß. Manche Surfschüler hatten noch nie auf dem Brett gestanden und jagten dennoch nach einer kurzen Trainingsphase bereits über die Wellen. Andere standen wie Klötze auf dem Brett und fielen bei der kleinsten Welle wieder herunter.

An manchen Tagen, an denen hohe Wellen die Brandung brachen, gab es Unstimmigkeiten, wie und ob gesurft werden sollte. Die Tollkühneren unter der Truppe wollten bei jedem Wetter raus, während die Vernünftigeren eher für Theorie- und Trockenunterricht waren.

Für ihn stellte es eine neue Erfahrung dar, sich auf das wechselnde Wetter und auf die verschiedenen Anforderungen der Surfschüler einzustellen.

Täglich lud er neue Bilder in Instagram hoch. Doch die traumhaften Posts gaben nur die halbe Wahrheit wieder. In Wirklichkeit war seine Freiheit hier genauso an Pflichten geknüpft wie zuhause. Nur die Landschaft und das Wetter waren schöner. Er hatte das Gefühl auch hier in einem täglichen Trott gefangen zu sein, der ihn den ganzen Tag einspannte und kaum Zeit für eigene Unternehmungen ließ.

So vergingen die Tage und er gewöhnte sich an das Leben im Camp. Als die Saison zu Ende ging und die Surfschüler weniger wurden, ließ die Anspannung nach und die Gruppe war fast täglich mit ihrem Trainer draußen im Meer. Sie surften um die Wette, alberten und lachten den ganzen Tag. Das erhoffte Gefühl der Freiheit, nach dem Jürgen hier gesucht hatte, stellte sich ein.

Als der Sommer zu Ende war, musste er zurück in seine **Heimat**. Er war braungebrannt und um eine wichtige Erfahrung reicher: Auch die Freiheit im Paradies gab es nicht umsonst!

Ulrike: Die Flucht

Übermüdet und geschwächt stolpern sie über Steine und Wurzeln, treten in Pfützen - sind zu erschöpft, die Füße noch zu heben. Doch sie können nicht, nein, sie dürfen nicht anhalten. Sie dürfen sich nicht hinsetzen und ausruhen.

Es ist Nacht. Wolken verdecken den Vollmond. Das Licht wird schwach. Das ist gut so, denn so werden sie nicht gesehen. Sie laufen im Schutz der Dunkelheit, immer weiter, solange die Füße sie noch tragen.

Leises Gemurmel. Manchmal schreit ein Kind, aber nur kurz, dann legt jemand die Hand auf seinen Mund.

Durch den Wald schleichen hunderte müde Gestalten, eingehüllt in Mäntel und Tücher. Wer eine Kapuze hat, hat sie über den Kopf gezogen, um die beißende Kälte wenigstens ein bisschen abzuwehren.

Eigentlich dürften sie nicht hier sein. Eigentlich wollen sie nicht hier sein. Wenn sie entdeckt werden, dann werden sie zurückgeschickt, dorthin, wo sie herkommen – wo sie nicht mehr hinwollen – wo sie aber sein möchten! Die Sehnsucht zerreißt ihnen die Brust. Sie haben ihre **Heimat** verloren.

Dann kommt der Zug zum Stehen. Viele sind zu erschöpft um noch weiterzugehen. Sie laufen schon seit Tagen, viele hundert Kilometer, tragen ihre Kinder und ihre letzten Habseligkeiten.

Nun brauchen sie eine Pause. Manche legen sich sofort in den Schneematsch und fallen in einen bleiernen, rastlosen Schlaf. Andere kommen nicht zur Ruhe. Sie sitzen noch lange um eines der kleinen Feuer, die kaum Wärme verbreiten. Vom glostenden, feuchten Holz steigt dicker, beißender **Rauch** auf. Er zieht über die Schlafenden und verdeckt das Elend. Die, die um die Feuer sitzen, diskutieren über das Gestern, das Heute und das Morgen. Manche beugen sich über ihr Smartphone und suchen, wo sie sind und wie weit die Grenze noch entfernt ist. Bei den meisten sind die Akkus leer.

Nachrichten treffen ein von denen, die weiter vorne sind und die Grenze bereits erreicht haben. Es sind keine guten Nachrichten. Doch das darf nicht abschrecken. Nach so vielen Wochen, die sie nun schon unterwegs sind, können sie nicht umkehren. Wo sollen sie auch hin? Das Ziel liegt vor ihnen. Hinter ihnen liegt der Horror. Die Angst müssen sie verdrängen, die Hoffnung nähren, mit der wenigen Nahrung, die sie noch bei sich tragen.

Langsam wird es hell. Feuchter Dunst liegt über der Lichtung, auf der sie campiert haben. Die Feuer sind erloschen. Vereinzelt steigt noch Rauch auf. Die Kleider sind klamm, die Glieder steif von der Kälte. Mühsam ist das Aufstehen. Noch schnell ein Stück Brot in den Mund schieben, dann geht es weiter. Nur so können sie warm werden.

Sie laufen. Schritt für Schritt - immer weiter - nicht stehen bleiben, nicht den Anschluss verlieren. Der Magen knurrt. Luft und Kälte machen nicht satt. Das letzte Stück vom Brot muss bis zum Abend reichen. Für die ganze Familie. Vielleicht treffen sie unterwegs auf hilfsbereite Menschen. Doch diese Hoffnung ist vergeblich, solange sie in dieser großen Gruppe laufen. Aber diese Gruppe gibt ihnen den letzten Rest Geborgenheit. Ein kleines Bisschen wenigstens.

Nicht denken, nur laufen, laufen, laufen und die Augen offenhalten. Nicht einschlafen.

Da, in der Ferne! Was passiert da? Was sind das für Geräusche, die immer näherkommen? Raue, laute Männerstimmen – ein Knall, ein Schrei! Angstvoll und unsicher bleiben die Flüchtenden stehen. Da brechen sie auch schon aus dem Unterholz - Soldaten, Gewehre im Anschlag. Sie bellen in einer fremden, unverständlichen Sprache. Doch mit den Gewehren machen sie deutlich, was sie wollen. Sie treiben alle vor sich her – in eine andere Richtung – weg von der Grenze. Wohin? Tonnenschwere Stille. Angst vergiftet die Luft, die sie atmen. Man kann sie riechen. Niemand wagt den Widerstand.

Irgendwann erreicht die Gruppe ein Gleis. Sie laufen an ihm entlang. In der Ferne steht ein Zug. Die

Waggons sind offen. Sie werden in sie hinein-
getrieben. Sie haben keine Wahl. Dann schließen die
Türen mit einem lauten Knall. Zusammengepfercht
sitzen sie auf dem harten, kalten Boden. Ein scharfer
Pfiff – ein Ruck – der Zug setzt sich in Bewegung.

Wohin? Die **Freiheit** wird immer kleiner und
verschwindet hinter dem Horizont.

GRENZE – SCHACHTEL – SCHATTEN

Sonja: Das Geheimnis

„Jakob", rief Simon und rüttelte seinen Bruder an der Schulter. „Steh auf, wir müssen in die Schule, es ist schon viel zu spät." Sein Bruder hatte mal wieder verschlafen. Er war zwar ein Jahr älter, aber trotzdem musste Simon oft der Klügere sein. Jakob reckte und streckte sich kurz, und in Windeseile zogen sie sich an. Für das Frühstück blieb keine Zeit mehr, sonst hätten sie den Bus verpasst. Ihre Eltern waren bereits bei der Arbeit. Sie bekamen von den kleinen, täglichen Schwierigkeiten der beiden kaum etwas mit.

„Wenn wir heute zuhause sind, werden sofort die Hausaufgaben erledigt", gab ihm Jakob noch schulmeisterlich mit auf den Weg, als sie sich in der Schule trennten und in verschiedene Klassenzimmer gingen.

„Du weißt, ich verlasse mich auf dich", war einer der häufigsten Sprüche von Jakob. Sie entwickelten eine tiefe Verbundenheit. Der eine war wie der **Schatten** des anderen, eigentlich gab es die Brüder nur zu zweit, bis zu Jakobs zwölften Geburtstag.

„Stell dir vor, ich lade Irene zu meiner Geburtstags-party ein", verkündete Jakob, als er seine Freundes-liste zusammenstellte. „Das kannst du nicht machen", meinte Simon trotzig. „Sie wäre das einzige Mädchen. Die kommt bestimmt nicht!" Doch Irene nahm die Einladung an.

Am Montagmorgen darauf machten sich die beiden Brüder wie immer gemeinsam auf den Weg zur Schule. Plötzlich sagte Jakob: „Hör mal, sobald wir bei Irene ankommen, gehst du alleine weiter." Irritiert sah Simon seinen Bruder an. Als Irene gleich darauf freudestrahlend aus dem Haus sprang und sich bei Jakob unterhakte, schaute Simon den beiden traurig nach. Von da an gingen sein Bruder und Irene immer zusammen zur Schule und Simon kam sich überflüssig vor.

Aus Neugier folgte er den beiden und fotografierte sie heimlich bei vielen Gelegenheiten.

Natürlich hielt diese erste Liebe nicht ewig und die Fotos verloren ihren Reiz. Simon packte die Bilder in eine Schachtel und vergaß sie mit der Zeit. Jahre vergingen.

Zur Goldenen Hochzeit der Eltern traf sich die Familie.

„Jakob, kannst du mir bitte noch schnell die Leiste an der Türschwelle festschrauben, bevor dein Bruder kommt?", bat die Mutter.

Um das Werkzeug zu holen, stieg er in den Keller und durchsuchte die Schränke.

Dabei fiel ihm eine alte **Schachtel** in die Hände, auf der in kindlicher Schrift seines Bruders geschrieben stand: Streng geheim! Nicht öffnen! Überrascht drehte Jakob seinen Fund hin und her. Am liebsten würde er ihn sofort öffnen. Aber darf er das? Schließlich gehört die Schachtel seinem Bruder. Überschreitet er damit nicht eine verbotene **Grenze**? Sollte er warten, bis sein Bruder kommt? Ach was, da wird schon nichts Geheimnisvolles drin sein! Wir waren ja damals noch Kinder!

Er öffnete vorsichtig den maroden, brüchigen Deckel. Erstaunt erblickte er die vielen Fotos von sich und Irene. Immer und überall hatte Simon sie fotografiert. Er hatte sie ausspioniert! War er ihnen gefolgt, ohne dass sie es bemerkt hatten?

Jakob betrachtete ganz in Gedanken die Fotos. Erinnerte sich an die Freude, die er damals empfunden hatte. Versonnen stand er da und tauchte in die Vergangenheit ein. Sie waren so verliebt und vertraut gewesen! Eine schöne Zeit.

Als er ein Geräusch hörte, drehte er sich um. Sein Bruder Simon war heruntergekommen und in den Raum getreten. Jakob sah ihn fragend mit hoch-gezogenen Augenbrauen an. Simon zuckte mit den Schultern. „Du hast mich auf einmal nicht mehr gewollt", meinte er entschuldigend. „Deshalb bin ich euch damals nachgegangen und habe all die Fotos gemacht!", erklärte er jetzt, Jahre später entschuldigend. „Wir haben nie etwas mitbekommen. So beschäftigt waren wir mit uns selbst. Es tut mir leid, dass du dich allein gefühlt hast, das habe ich nicht bemerkt", meine Jakob entschuldigend. Er trat auf seinen Bruder zu und umarmte ihn kurz. „Danke für diese wunderschönen Erinnerungen. Ohne dich wären sie nicht entstanden", sagte er gerührt und hielt dabei die Bilder in die Höhe.

Ulrike: Die fremden Augen

Beim Aufräumen des Speichers stoße ich immer wieder auf diese alte **Schachtel** aus Pappe. Ich habe sie noch nie geöffnet. Sie sieht auch ziemlich ramponiert aus. Zerdrückt und staubig steht sie in der dunkelsten Ecke. Und jedes Mal, wenn ich sie ansehe, ist die Staubschicht dicker.

Ich kann mich noch gut daran erinnern, als vor vielen Jahren meine Großmutter diesen Karton ins Haus gebracht hatte und sagte, dass er für immer geschlossen bleiben müsse. „Hier sind die **Schatten** meiner Vergangenheit eingesperrt. Wenn jemand die Schachtel öffnet, dann kommen sie heraus. Das darf nie sein!"

Und so hatten wir sie auf dem Speicher in die hinterste Ecke geschoben. Sie war in Vergessenheit geraten.

Während ich aufräume, fällt mein Blick immer wieder auf sie. Fast schleiche ich mich schon um sie herum. Dabei wächst meine Neugierde. Was da wohl drin ist? Großmutter ist schon lange tot, die Schatten ihrer Vergangenheit können ihr nichts mehr anhaben. Und mir? Warum sollten sie mir etwas anhaben?

Ich zwinge mich immer wieder an dem Pappkarton vorbei zu laufen, ihn zu ignorieren. Schließlich ist er ja auch ziemlich dreckig. Doch irgendwann kann ich dem Drang nicht mehr widerstehen. Ich gehe hin und öffne ihn.

Zuerst sehe ich eine Puppe, darunter liegt ein Buch. Ich nehme die Puppe heraus. Sie ist zerkratzt, ihr fehlt ein Auge und ein Finger ist abgebrochen. Sie hat wohl einiges erlebt. Dann greife ich nach dem Buch. Es ist fleckig, einzelne Blätter sind locker. Der Titel heißt: „Unerwünschte Erinnerungen – wegschreiben statt verdrängen." Ganz behutsam wende ich die Seiten um. Jedes Blatt ist vollgeschrieben. Manchmal ist die Tinte verlaufen, die Worte verwischt. Ist das Wasser? Oder sind das Tränen? Ich weiß es nicht. Es ist auf jeden Fall das Tagebuch meiner Großmutter.

Ich beginne zu lesen: „Eine Psychologin hat mir geraten, meine Erinnerungen zu bändigen. Ich darf sie nicht verdrängen, ich muss sie verarbeiten. Das gelingt mir, indem ich sie aufschreibe. Dann erlaubt mir mein Gehirn sie zu vergessen, denn sie sind ja aufbewahrt. Danach soll ich die Aufschriebe gut verpackt und stellvertretend für meine Erinnerungen weit wegschieben. Und das tue ich hiermit."

Ich vertiefe mich in die nächsten Seiten.

…

„Die Nacht war dunkel, die schwache Mondsichel von Wolken bedeckt. Schemenhaft sahen wir in der Ferne dunkle Schatten vorbeipatrouillieren. Wir duckten uns hinter ein Gebüsch. Scheinwerfer blitzten immer wieder über uns hinweg. Sie hatten uns nicht gesehen! Gebückt, im Schutz der Sträucher, schlichen wir weiter, fort von dieser Stelle, die für uns so gefährlich war."

…

„Ein Kind schrie auf, ein Schuss knallte! Erschrocken hielt die Mutter ihrem Kind den Mund zu, so dass es fast keine Luft mehr bekam. Angstvoll starrte es seine Mutter an. Schnell nahm sie die Hand vom Mund und presste das Kind fest an ihre Brust. Beruhigende Worte kamen nicht aus ihrem Mund, die Angst machte sie stumm."

…

„Endlich hatten wir das Meer erreicht. Noch war Flut. Die Wellen rollten auf dem ansteigenden Strand sanft aus. Wir mussten warten, bis die Ebbe begann. Schweigend setzten wir uns in den Sand, verborgen hinter einem großen Felsen. Die Angst vor dem Entdecktwerden beherrschte uns von Kopf bis Fuß. Äußerlich wie erstarrt und innerlich am Beben, so verharrten wir stundenlang. Kein einziges Wort, nur viele angstvolle Blicke. Die Minuten schlichen wie Stunden. Langsam näherte sich die Sonne dem Horizont. Es wurde kühl. Mit der Dunkelheit kam die Ebbe und wir brachen auf."

...

„Wir fassten uns fest an den Händen, denn wir konnten uns in der Dunkelheit nicht sehen und wollten uns nicht verlieren. Das Wasser rauschte. In den Prielen reichte es uns Müttern bis zu den Hüften, den Kindern, die nicht getragen wurden, bis zur Brust. Wir wussten, wenn es noch reißender wird, dann saugt es uns raus aus dieser Bucht, ins offene Meer. So kämpften wir uns mühsam vorwärts. Der Wasserstrom raubte uns die Kraft. Doch die Angst war unsere Begleiterin und trieb uns immer weiter. Hier blitzten zwar keine Scheinwerfer, doch hier lauerte der Tod durch Ertrinken. Die Nässe saugte uns die Wärme aus dem Körper. Der Wind peitschte uns die Gischt ins Gesicht. Nur nicht die Hände loslassen, so kalt sie auch waren, so gerne wir sie auch in die Manteltasche geschoben hätten."

...

„Nass und durchgefroren sanken wir erschöpft auf das Watt. Das Wasser war nun völlig abgeflossen, aber der Wind, der uns entgegenwehte, war eisig.

Doch wir waren der Sicherheit ein gutes Stück nähergekommen, so hofften wir. Fragen konnten wir niemanden. Und so wussten wir nicht, ob wir die **Grenze** bereits überschritten hatten oder ob sie noch vor uns lag."

...

„Nach endlosen Stunden, in denen wir uns weiterschleppten, begann der Morgen zu dämmern. Vor uns ragte der Kirchturm von Glücksstadt auf. Wir hatten es geschafft, die Grenze lag hinter uns! Hoffnung und Freude überflutete mich. Erleichtert wendete ich mich meinem Kind zu, das ich die ganze Nacht fest an der Hand gehalten hatte. Ich blickte es an - und begriff es nicht! Dieses Kind kannte ich nicht! Es war nicht meine Tochter! Es war ein fremdes Kind! Seine großen, dunklen Augen schauten mich entsetzt an! Meine Knie wurden weich, wollten mich nicht mehr tragen. Kein Wort kam über meine Lippen. Nur die Tränen, die gar nicht mehr aufhören wollten. Wo war meine Tochter?"

...

„Ich habe meine Tochter nicht mehr gefunden. Nur ihre Puppe habe ich noch. Ich hatte sie die ganze Zeit in der Tasche mitgetragen. Ich wollte sie wegwerfen, um nicht mehr an diese Nacht erinnert zu werden. Doch das konnte ich nicht. Sie hatte ihre Puppe zu sehr geliebt. Nun liegt sie in der Schachtel. Das fremde Mädchen habe ich als meine Tochter großgezogen. Sie ist meine Tochter geworden."

ANKUNFT – RAHMEN – SPIEGEL

Inge: Die Schatten der Vergangenheit

Inzwischen waren die Zeiger auf 14.20 Uhr vorgerückt. Wie unruhig sie war. Es war wie ein Zwang. Seit dem Anruf, letzte Woche war das gewesen, war sie wie ausgewechselt. Sie hatte Veronika zum ersten Todestag von Frieda zu einem Besuch bei sich eingeladen. Ihr Wunsch, diesen Tag gemeinsam zu verbringen, war doch nur zu verständlich. Schließlich war Veronikas Mutter ihre Schwester.

Ankunft von Veronikas Zug kurz nach 16.00 Uhr am Hauptbahnhof. Von dort brauchte sie noch eine Viertelstunde mit der Straßenbahn. Die vertrauten Wege. Vor acht Jahren war Veronika noch hier gewesen. Damals noch mit Frieda. Das letzte Mal hatten sie sich bei deren Beerdigung gesehen, am 12. September.

Sie schreckte aus den Gedanken auf. Schon 14.50 Uhr. Der Kaffeetisch war gedeckt. Gott, das Milchkännchen fehlte noch! Und die Servietten!

Zwei Jahre war Veronika nicht mehr bei ihr zu Hause gewesen. Klar, eine Tante besuchte man nicht alle naslang. Wenn man selbst Familie hat, hat man Besseres zu tun.

November 89. Der Mauerfall. Ein besonderes Jahr war das für alle gewesen. Da warst du schon 40, damals. Dein Schwabenalter haben wir alle kräftig miteinander gefeiert.

Damals hatten viele geglaubt, das Ende der Geschichte wäre gekommen. Kein Ost-West mehr, keine verfeindeten Blöcke. Nie mehr Krieg. Aber der eigene Krieg hatte nicht geendet. Damals hatte sie erneut darauf gedrungen, endlich das Geheimnis lüften zu dürfen. Frieda war auch nach all den Jahren beim Nein geblieben.

Versonnen blickte sie über die zwei Gedecke. Alles vom Feinsten. Als Sekretärin hatte sie gut verdient. Hatte fast alles für sich ausgeben können. Bis auf den Teil, den sie Monat für Monat für Veronika zurückgelegt hatte.

Wieder wie gemalt, der Marmorkuchen heute, dachte sie. Den hatte Veronika schon als Kind vergöttert. Lieblingskuchen, hatte sie ihn genannt. Ohne den war kein Sonntag. Dann war das Kind stundenlang bockig gewesen. Auch wenn der nicht genug Kakao hatte. Am besten hatte der ihr geschmeckt, wenn der innen noch teigig war.

So oft waren Frieda und Veronika am Wochenende bei ihr gewesen. Wenn Schwager Kurt auf Montage war, konnte der schöne Besuch sogar eine komplette Woche dauern. Kurt hat trotzdem oft gemotzt, dabei war der in dieser Zeit selbst auch nicht daheim. Er wollte nicht, dass das Kind zu sehr an ihr hing.

15.05 Uhr. Wie langsam die Zeit auf einmal verging. Längst war alles aufgeräumt in dem mit dunklen Möbeln ausgestatteten Wohnzimmer. Veronikas Bärchen räkelte sich in einer der Sofaecken. Veronika hätte den kleinen Freund immer gern mitgenommen, mit zu sich. Aber das hatte sie nicht zugelassen. Deswegen war Veronika oft böse gewesen mit ihr. „Wer soll denn dann auf mich aufpassen, wenn du nicht da bist?", hatte sie das Kind dann zu trösten versucht. Wenigstens diese Kleinigkeit sollte dableiben, wenn sie Veronika schon nicht behalten konnte.

Warum hatte Frieda es auch Jahre danach nicht zugelassen, dass sie Veronika endlich reinen Wein einschenkten. „Lieber früher als später, wir sind doch jetzt schon beide bald 60. Die Zeit drängt. Wer weiß schon...". Frieda hatte hartnäckig jedes Mal wieder abgewinkt. Richtig böse konnte sie da werden. Als sie endlich nachzugeben bereit schien, hatte Kurt sich gesperrt. Das hatte Frieda jedenfalls behauptet. Dabei wären die beiden dabei doch gut weggekommen, im Gegensatz zu ihr. Den schwarzen Peter hatte doch sie. Sie allein. Recht geschah ihr, dass sie den Schwindel jetzt allein ausbaden musste.

Scheu blickte sie sich nach Veronikas Konterfei im silbernen **Rahmen** um. Wie oft hatte sie mit dem Bild in der Hand prüfend vor dem **Spiegel** gestanden. Zum Glück glichen sie alle beide sehr der Großmutter. Darauf hatte sie sich rausgeredet, wenn draußen jemand überrascht war wegen ihrer Ähnlichkeit mit dem Kind.

Schon zeigte die Uhr fünf vor Vier. Auf einmal war ihr schwindelig. Das Gefühl von Vorfreude war verflogen. Der festliche Tisch schien ihr plötzlich fehl am Platz. Wie konnte sie Veronika nur alles begreiflich machen? Gedankenverloren stand sie da.

Für die jungen Frauen heute war das kein Weltuntergang mehr. Leicht war so eine ungewollte Schwangerschaft sicher nie. Aber die zogen es durch. Ließen die Eltern toben; die würden sich schon wieder beruhigen, wenn das Kind erst da war.

Und ihr Vater! Glattweg rausgeworfen hatte er sie. „Schau wo du bleibst und komm ja nicht mit dem Balg zurück!"

Ganz in ihre Erinnerungen versunken, stand sie am Fenster. Ach, Frieda, seufzte sie wie abschließend, „du warst mein Engel, damals. Du hast uns aufgenommen. Und als die Kleine da war, hatten wir auch Kurt so weit. Nur die ersten zwei, drei Jahre solltest du dortbleiben, Kind. Ich musste doch meine Ausbildung fertigmachen. Wie hätte ich sonst den Lebensunterhalt verdienen sollen. Da musste ich doch einverstanden sein. Aber ewig wollten wir zwei Frieda und Kurt nicht auf der Tasche liegen. Ich habe mir dann Arbeit gesucht. Da konnte ich dich doch nicht mitnehmen, Veronika. Sobald irgend möglich, solltest du zu mir kommen.

Schwer war das alles damals. Kurt hat getobt, als ich dich mitnehmen wollte, in deinem dritten Jahr. Noch ein Jährchen, hat er gesagt, bei uns hat sie es doch gut. Und dann noch eins und noch eins, keiner konnte sich dazu durchringen, mit dir zu reden. Dass du dann bis zur Lehre ganz bei meiner Schwester geblieben bist, davon war doch anfangs nie die Rede. Glaub mir, immer wieder hab' ich Anlauf genommen...

Dann warst du mit der Ausbildung fertig und bist in eine eigene Wohnung gezogen. Dann Heirat und Kinder, irgendwann war's zu spät.

Ach Veronika. So oft habe ich gedrängt, dass wir dich endlich aufklären. Schlecht habe ich mich gefühlt, oft ganz elend. Das musst du mir glauben. So oft wollte ich alles erklären, die ganzen Jahre. Jetzt Ist es Gottseidank bald raus. Ach, Veronika! Wie wirst du das wohl aufnehmen?

Die Uhr zeigte schon kurz vor Fünf. Wo blieb Veronika nur? Hatte sie den Zug verpasst? Die Straßenbahn? Hoffentlich kein Unglück!

Als Veronika um halb sechs Uhr noch immer allein war, griff sie zum Hörer. Veronikas Stimme am anderen Ende. Ihr Erstaunen glaubhaft. Auch ihr reumütiges Geständnis, den „Termin" einfach verschwitzt zu haben.

Ulrike: Verirrt und verwirrt

„Sehr verehrte Fahrgäste, in 5 Minuten erreichen wir Kleinauheim." Der Lautsprecher klickt und schaltet aus.

Ankunft schon in 5 Minuten! Die Ansage hat mich aus dem Schlaf gerissen. Ich war wohl beim Lesen eingenickt. Mein Buch liegt aufgeschlagen auf meinen Knien. Das muss ich noch schnell einpacken. Auch mein Handy darf ich nicht vergessen. Ich stecke es in die Handtasche, die auf dem Nebensitz steht. Dann stelle ich mich auf die Zehenspitzen und ziehe meinen Koffer vorsichtig an den Rand des Gepäcknetzes und hole ihn ganz langsam herunter. Er darf mir nicht auf den Kopf fallen. Als ich ihn auf dem Sitz abgestellt und geöffnet habe, packe ich das Buch und meinen Mantel ein. Draußen ist es warm, zu warm, fürchte ich. Ich richte mich auf und schaue in den **Spiegel**, der an der Abteilwand hängt. Das Glas ist trüb und fleckig. Wie sehe ich denn aus? Total zerzauste Haare und müde, kleine Augen. So fühle ich mich auch. Die Wärme macht mir zu schaffen. Ich hoffe, dass draußen ein kühles Lüftchen weht.

„Wir fahren in Kürze in den Bahnhof von Kleinauheim ein," tönte es wieder aus dem Lautsprecher. „Der Ausstieg ist rechts. Wir wünschen Ihnen einen guten Aufenthalt." Wieder klickt es.

Ich nehme meinen Koffer und öffne die Abteiltüre. Davor steht schon eine lange Schlange wartender Passagiere, die zum Ausstieg drängen. Ich hatte gar nicht gewusst, dass so viele Leute in dem Zug sitzen. Da habe ich ja Glück gehabt, dass ich alleine in meinem Abteil gewesen bin. Sonst wäre es sicherlich peinlich geworden, dass ich eingeschlafen bin. Ein nach vorne hängender Kopf, ein offener Mund, vielleicht auch noch ein Schnarcher?

Ich warte unter dem Türrahmen, bis mir ein freundlicher, junger Mann den Vortritt lässt. Langsam trotte ich den anderen hinterher. Ich bin schlapp und hätte noch eine ganze Weile schlafen können. Endlich erreiche auch ich den Ausgang und steige mit meinem Koffer in der einen, den Türgriff in der anderen Hand die Stufen vorsichtig hinunter. Eine freundliche Frau hilft mir dabei. Auf dem Bahnsteig schaue ich mich um. Niemand da. Dabei wollte Freddy mich doch abholen!

Hinter mir schließen die Türen, ein Pfiff und der Zug fährt langsam an. Immer schneller entfernt er sich aus dem Bahnhof.

Wo bin ich? Alles sieht so fremd aus! Mein Puls steigt. Bin ich falsch ausgestiegen? Ich laufe zu der Tafel, auf der der Ortsname steht: „KLEINAUHEIM". Also bin ich richtig. Aber warum kommt mir alles so fremd vor? Es kann doch nicht alles umgebaut worden sein, seitdem ich das letzte Mal hier war! Es sieht auch nichts neu aus!

Ich steige vorsichtig die Treppe hinunter, der Koffer ist schwer. Dann laufe ich durch die Unterführung und gelange ins Bahnhofsgebäude. Nun bin ich hellwach. Ich bin nicht in Kleinauheim! Auf jeden Fall nicht in meinem Kleinauheim.

Ich gehe zu einem Schalter und frage nach.

„Ja, ja, Sie sind hier in Kleinauheim.", betätigt mir der Mann auf der anderen Seite des Tischs. „Aber es gibt drei. In welches wollen Sie denn?"

Ich sage es ihm.

„Ach, das ist aber ganz woanders." Er murmelt etwas in sich hinein, tippt dann auf seiner Tastatur herum und schaut auf den Bildschirm von seinem PC. Er wartet. Nach einer Weile meint der Mann: „Sie fahren am besten zurück nach Stuttgart. Dort steigen Sie in einen Zug Richtung Nürnberg. In Nürnberg haben Sie dann Anschluss nach Kleinauheim. Hier sind Sie in der Nähe von Frankfurt!" Er druckt ein Blatt aus und reicht mir meinen neuen Fahrplan.

Ich bin schockiert. Doch er redet schon weiter.

„Der nächste Zug nach Stuttgart fährt in zwei Stunden von Gleis 3! Die Fahrkarte drucke ich Ihnen schon mal aus".

Ich bin nur noch verwirrt. Wie konnte das passieren? Ich greife nach meiner Tasche, in der mein Geldbeutel steckt, um das Ticket zu bezahlen, und - greife ins Leere.

Wo ist die Tasche? Im Zug! Da habe ich sie zuletzt auf dem Nebensitz gesehen.

Was mache ich denn jetzt?

Mit 95 sollte man doch nicht mehr alleine verreisen!

SPUR – WASCHMASCHINE - ZEITUNG

Inge: Schmutzige Wäsche

Sie hätten unterschiedlicher nicht sein können. Wenn Florence „Hü" flötete, brummte Pierre „Hott".

Er machte, sie dachte. Sie bewegte die Dinge gern in ihrem Kopf, bis sie ins Trudeln kamen. Sein Credo war die Entschlossenheit. Von dem, was sie sagte, hielt er ohnehin das meiste für unnötig.

Viele Jahre lang hatten sie versucht, die beiden Herangehensweisen in Einklang zu bringen. Herausgekommen war viel Streit.

Schließlich teilten sie die Wohnung in zwei Hoheitsbereiche. Das Badezimmer und der Keller verweigerten sich allerdings dieser Lösung.

Weil sie nicht nur gesprächig war, sondern auch zerstreut, wies sie den Gegenständen ihres notdürftig halbierten Hausstands großzügig immer neue Plätze zu. So entdeckte er mit schöner Regelmäßigkeit Bücher oder **Zeitungen** von ihr im gemeinsamen Bad, die er bei Interesse in seine Hälfte der Wohnung überführte, bevorzugt dann, wenn es sich um die aktuelle Ausgabe handelte. Sie konnte dann das Bücherregal auf ihrer Seite tagelang nach einem vermissten Exemplar absuchen. Immerhin blieben so wenigstens Ansätze vom gemeinsamen ehelichen Leben.

Die **Waschmaschine**, die einzige, stand im Keller. Die bedienten sie abwechselnd nach einem ausgeklügelten Plan, den sie über lange Strecken nur unter wechselseitigen Anschuldigungen aufrechterhalten konnten.

Von Florence fanden sich regelmäßig vereinsamte Socken in der Trommel. Seine Hinterlassenschaft waren Reste von Papiertaschentüchern, die in den Taschen seiner Jeans den plötzlichen Anflug von Tatkraft überdauert hatten.

Im fünften Jahr ihres Arrangements gab die Waschmaschine den Geist auf.

Gemäß ihrem Charakter war eine schnelle Entscheidung für einen Neukauf nicht zu erwarten. Ein neues Feld tat sich auf, auf dem sie ihre Zögerlichkeit, er seine Tatkraft ausleben konnten.

Diverse Testhefte gingen durch die Hände von Florence, Wattzahlen, Drehleistungen, auch die anderen Extras der angebotenen Produkte wurden ausgiebig und mit wachsendem Sachverstand verglichen. Schwieriger war es für Florence, Preis und Leistung der jeweiligen Marke und dann der Maschinen untereinander ins Verhältnis zu setzen. Eine Kaufentscheidung war daher auf lange Zeit nicht absehbar.

Während Florence auf einen erklecklichen Fundus an Bekleidungsstücken zurückgreifen konnte, war Pierre schon mehrfach in einem getragenen T-Shirt zur Arbeit gegangen. In den ersten Wochen hatte ein ausgefeiltes System ihm ermöglicht, sein gepflegtes Aussehen von früher wenigstens der Spur nach zu retten. Dann hatte Tatkraft die Oberhand gewonnen und er hatte großzügig vom Versandhandel Gebrauch gemacht und sich, aus einer Trotzreaktion heraus, ein deutlich jugendlicheres Outfit zugelegt, was die Damen in der Firma lobend vermerkten. Diese Ausgaben konnte er sich leisten, da er ordentlich verdiente.

Der Druck, zu einer Lösung zu gelangen, verlor sich für Pierre mit der Wirkung der Onlinekäufe. Florence strebte ihrerseits eine weitere Runde von Erkundigungsgängen an, die darin bestanden, technisch begabte Männer aus ihrem Freundeskreis in die Entscheidungsfindung einzubeziehen. Unter diesen war ein Junggeselle, der schon früher ein Auge auf sie geworfen hatte. Die Treffen gaben ihm Gelegenheit, das andere nachzuwerfen. Dadurch mischten sich unter das fachliche Hin und Her energetische Ströme ganz anderer Art, die bald auf beiden Seiten zu reichlich Hitze führten.

Zu dem Kurzschluss der Waschmaschine kamen zusätzliche Kurzschlusshandlungen, die in der Folge die Anschaffung teils nicht mehr unbedingt erforderlich machten, teils beschleunigte. Pierre kaufte, Florence wusch woanders.

Sonja: Nachbarschaftshilfe

Wieder und wieder drückte Ute auf den Schalter der **Waschmaschine**. „Das gibt's doch nicht, gestern hat sie doch noch getan. Oder war es vorgestern?" Auf jeden Fall hatte sie diese Woche schon Wäsche gewaschen. Und jetzt gab die verdammte Maschine keinen Ton mehr von sich. Dabei brauchte sie die Bluse so dringend für ihr Vorstellungsgespräch. Was sollte sie jetzt tun? Vor lauter Ärger konnte sie nicht mehr richtig denken.

Ganz ruhig bleiben. Einfach der Reihe nach checken, wo das Problem liegen könnte. Erst die Stromzufuhr, dann die Wasserzufuhr prüfen. Sonst fiel ihr nichts mehr ein. Im Handbuch, ja, da könnte sie noch nachschauen. Es musste irgendwo im Hängeschrank stecken. Ute durchsuchte die Regalböden. Tatsächlich, da war es und hatte reichlich Staub angesetzt. Sie blies den Staub herunter und wedelte mit den Händen in der Luft, als ihr Nachbar Ansgar, der einen Stock über ihr wohnte, die Treppe herunterkam. Sie schaute auf und richtete sich automatisch die Haare, denn sie fand Ansgar sehr sympathisch und ansprechend. Aber bisher hatten sie sich nur im Treppenhaus begrüßt. Weiter als bis zu einem kleinen Smalltalk war es nie gekommen.

„Guten Morgen, heute Wäschetag?", fragte Ansgar und runzelte die Stirn. „Ja, das war der Plan", sagte sie etwas mürrischer als beabsichtigt. „Der Plan?", hakte er nach und zog fragend die Augenbrauen in die Höhe. „Ja, leider geht die Maschine überhaupt nicht mehr an, sie macht einfach gar nichts mehr. Dabei müsste ich so dringend diese Bluse waschen", schickte sie noch nach und hielt das Stück dabei in die Höhe. Er lachte und meinte: „Das ist sicher die einzige im Schrank?" Ute wackelte mit dem Kopf und lachte ebenfalls.

„Na, dann wollen wir mal sehen, was das Problem sein könnte", meinte Ansgar. „Sie kennen sich tatsächlich mit Waschmaschinen aus?", fragte Ute noch überflüssigerweise und machte bereitwillig Platz. Ansgar ging methodisch vor und prüfte ebenfalls zuerst die Strom- und Wasserzufuhr. „Ich glaube, das Problem liegt woanders, dazu brauche ich meinen Werkzeugkasten."

Er kam mit einem großen Handwerkskoffer und fing an die ersten Teile abzuschrauben. Zuerst stand Ute etwas unschlüssig herum. Als er sie allerdings bat, ihr mit der Taschenlampe zu leuchten und ihr das Werkzeug, das er benötigte, zu reichen, war sie froh, dass sie sich nützlich machen konnte. Sie konnte ihn ja unmöglich alleine in der Waschküche werkeln lassen und es sich oben in der Wohnung solange gemütlich machen.

Zwei Stunden später verspürte sie Hunger und meinte deshalb: „Ich würde Sie gerne zum Abendessen einladen."

Dafür versprach Ansgar, sich am nächsten Abend direkt nach der Arbeit wieder um die Waschmaschine zu kümmern.

Als Ute an diesem Tag um zwanzig Uhr nach Hause kam, sah sie Licht in der Waschküche brennen. Überrascht stieg sie die Treppen hinab und musste kurz die Luft anhalten. Ihre Waschmaschine lag in Einzelteile zerlegt auf dem Boden verteilt und Ansgar war emsig dabei den Bauplan zu lesen. Leise schlich sie die Treppen hinauf. Sie wollte ihn auf keinen Fall stören. Schließlich gab er sich alle Mühe und ließ nichts unversucht. Etwas später sah sie Licht im Treppenhaus und trat hinaus. Er kam gerade die Treppe hoch, wischte sich über die Stirn und sagte: „So langsam komme ich der Sache auf die **Spur**."

„Wenn du vielleicht Hunger hast, ich hätte eine frische Pizza im Ofen", bot ihm Ute an. Sie waren ja inzwischen beim du angelangt. „Toll, vielen Dank, ich wasche mir nur kurz die Hände", gab er zurück und verschwand in seiner Wohnung. Auch dieser Abend verlief gemütlich und Ute erfuhr einiges über seine Familie und seine Heimat in Schweden. Nur Wäsche waschen konnte sie immer noch nicht.

„Wie war dein Vorstellungsgespräch?", wollte er wissen und freute sich, dass es trotz fehlender Bluse sehr gut gelaufen war. Obwohl sie ihm versicherte, dass sie genügend frische Wäsche im Schrank hätte, wollte er sich gleich am nächsten Abend wieder mit der Waschmaschine beschäftigen. Das war ihr nicht so recht, weil sie die nächsten zwei Tage auf einer Schulung war und nicht nach Hause kommen würde. „Das ist doch kein Problem", meinte er und zuckte mit den Schultern.

Als sie am Abend nach Beendigung der Schulung todmüde nach Hause kam, wollte sie noch kurz nachsehen. Doch im Keller brannte kein Licht und die Waschküche war abgeschlossen. Verdattert ging sie wieder hinauf und klingelte bei Ansgar. Trotz mehrfachem Klingeln machte er nicht auf. Vielleicht ist er nicht zu Hause. Ich versuche es später noch einmal, dachte sie. Doch auch später öffnete niemand.

Ratlos überlegte sie gerade, ob sie ihm eine Nachricht schreiben sollte, als sie den Hausmeister die Treppe hinabsteigen sah. Schnell ging sie ihm nach und sprach ihn an: „Hallo, können Sie mir sagen, warum die Waschküche abgeschlossen ist?"

Verdutzt sah er sie an. „Ja, wissen sie denn nicht, was passiert ist?", fragte er und holte tief Luft. „Nein, ich war zwei Tage nicht zu Hause,", sagte sie leise und hatte auf einmal gar kein gutes Gefühl.

„Ihr Nachbar Ansgar hat bei dem Versuch ihre Waschmaschine zu reparieren einen Stromschlag erhalten. Die Waschküche ist erst einmal abgeschlossen, bis für die Versicherung alles geklärt ist", meinte er und zog die Schultern hoch. „Ansgar kam deswegen sogar in der **Zeitung** und ist jetzt eine kleine Berühmtheit."

Ute wurde kreidebleich und musste sich am Treppengeländer festhalten. „Oh mein Gott, was ist denn passiert?", stammelte sie. „Er liegt im Krankenhaus. Ich soll Ihnen ausrichten, es tue ihm leid, dass die Maschine noch nicht repariert ist", sagte der Hausmeister teilnahmsvoll und legte ihr die Hand auf den Arm.

Ute fuhr so schnell sie konnte ins Krankenhaus und wurde dort von einem inzwischen wieder strahlenden Ansgar empfangen. „Es tut mir so leid", sagte sie und überreichte ihm die mitgebrachte Pizza. „Keine Sorge, es ist alles in Ordnung. Und über Mitgefühl und Aufmerksamkeit kann ich mich nicht beklagen", sagte er und reichte ihr die Zeitung mit dem Artikel: „Fürsorglicher Nachbar durch Stromschlag niedergestreckt!"

Ute sah ihn fragend an und beide mussten lachen. „Na", sagte sie, „ich habe zwar immer noch keine Waschmaschine. Dafür aber jetzt einen berühmten Nachbarn."

Ulrike: Noch einmal Glück gehabt

Wer hätte das gedacht!

Nach all der Aufregung der letzten Tage sitze ich nun hier und blättere zum dritten Mal gelangweilt die **Zeitung** durch. Ich bin froh, dass ich diesen Aushilfsjob gefunden habe. So habe ich wenigstens ein kleines Einkommen, mit dem ich mich eine Weile über Wasser halten kann.

Im Hintergrund rotieren **Waschmaschinen**. Allerdings nur ein paar, die meisten stehen still. Es ist einfach nichts los!

Wenn ich aufblicke, sehe ich durchs Fenster in einen grauen Tag mit regennassen Straßen. Windböen wirbeln nasses Laub durch die Luft. Niemand will heute raus. Es ist kalt und ungemütlich.

Welch eine Ödnis!

Und jetzt rumpelt hinter mir auch noch eine der Maschinen. Sie wird bald fertig sein. Dann habe ich wenigsten ein bisschen was zu tun. Dann muss ich nämlich die Wäsche aus der Maschine holen und aufhängen.

Das Rumpeln wird lauter. Ich muss mal nachsehen.

Was für eine Unwucht! Die Maschine bewegt sich durch den Raum und hinterlässt eine Kratz**spur** auf dem Boden. Ich gehe lieber in Deckung, bevor mir die Maschine um die Ohren fliegt!

Da klingelt die Ladentüre. Ich laufe schnell nach vorne in den Verkaufsraum. Eine Frau steht am Ladentisch und streckt mir stumm ihren Abholschein entgegen. Auf mein freundliches „Guten Tag!" reagiert sie nicht. Sie sagt nur kurz angebunden: „Ich brauche meinen Mantel, den ich gestern hier abgegeben habe. Beeilen Sie sich, so viel Zeit habe ich nicht, dass ich sie hier vertrödeln kann!" Schnell laufe ich mit dem Zettel in den hinteren Raum und suche und suche und suche.

Der Mantel ist nicht da. Verlegen gehe ich wieder nach vorne. Die Frau ist weg.

Dann auch gut, denke ich und setze mich wieder vor meine Zeitung. Vielleicht sollte ich sie mal lesen, statt sie nur durchzublättern.

Doch es stehen nur unerfreuliche Dinge drin. Wetterkatastrophen, Betrügereien, ein Bankeinbruch und steigende Coronazahlen. Alles nicht so prickelnd. Und ich sitze hier und vertrödle meine Lebenszeit.

Das war nicht immer so. Es ist noch gar nicht so lange her, da fühlte ich mich nur gestresst. War ich damals auch so unhöflich anderen Menschen gegenüber gewesen wie gerade diese Frau? Ich hänge meinen Erinnerungen nach.

Plötzlich bekomme ich eine Gänsehaut. Irgendetwas stimmt nicht! Liegt das an dem lauter werdenden Gerumpel der alten Maschine? Ich drehe mich um. Sie steht inzwischen mitten im Raum. Der Wasserschlauch, mit dem sie verbunden ist, und das Stromkabel sind zum Zerreißen gespannt. Die Maschine sollte mal festgebunden werden, solange sie noch im Einsatz ist, denke ich.

Dann wende ich mich wieder der Zeitung zu. Plötzlich nehme ich im Augenwinkel eine Bewegung wahr! Eine Bewegung, die sich im Schaufenster spiegelt. Eine Bewegung, die nicht draußen auf der Straße, sondern im Laden hinter mir ist. Ich drehe mich um – nichts! Jetzt fange ich schon an zu spinnen! Ich versuche wieder, mich auf einen Zeitungsartikel zu konzentrieren. Was soll ich auch sonst tun?

Doch dann spüre ich etwas Hartes zwischen meinen Schulterblättern. „Nicht umdrehen", raunt die Stimme der Frau, die verschwunden war. „Ich will nur mein Geld!"

Ich erstarre, doch mein Herz rast. Ist das ein Überfall? Muss mir das jetzt auch noch passieren!

Dabei dachte ich, ich schieb' hier eine ruhige Kugel. „Welches Geld? In der Kasse ist kein Geld!", stottere ich. „Hier ist einfach nichts los!"

Dann fällt es mir plötzlich ein! Ich habe vorhin in der Zeitung ein Phantombild von einer Frau gesehen, die von der Polizei gesucht wird. Vor dieser Frau wurde gewarnt, weil sie bewaffnet und gewalttätig sei. Das war die Frau, die mich gerade bedroht! Ich gehe also bereitwillig mit, als sie mich in den Hinterraum drängt.

„Und nun brauche ich den Mantel, den ich gestern hier abgegeben habe. Suchen Sie ihn!", fordert sie mich schroff auf.

Während ich mich nochmal umschaue, versuche ich mich an den Zeitungsartikel zu erinnern. Richtig, die Frau wird gesucht, weil sie eine Bank überfallen hat. Dabei hat sie hunderttausend Euro erbeutet. Aber warum will sie jetzt unbedingt den Mantel?

Wenn sie ihn erst gestern abgegeben hat, dann ist er vielleicht noch nicht gereinigt! Daran hatte ich vorhin gar nicht gedacht. Ich schaue also bei den noch schmutzigen Kleidungsstücken nach. Da finde ich ihn tatsächlich. Als ich ihn vom Kleiderbügel nehme, fällt er mir herunter. Aus versteckten Innentaschen fallen Geldbündel auf den Boden. Ich bekomme einen harten Schlag auf den Hinterkopf und stürze. Es tut scheußlich weh.

Schemenhaft sehe ich, wie die Frau schnell das Geld zusammenrafft. Ich rühre mich vorsichtshalber nicht. Mein Kopf dröhnt, jede Bewegung löst eine ganze Kaskade von Stichen aus.

Da gibt es einen ohrenbetäubenden Knall! Ein harter, kalter Wasserstrahl schießt mir ins Gesicht!

Die Waschmaschine ist auseinandergeflogen und der Wasserschlauch gerissen! Die Trommel hat so schnell rotiert, dass die Unwucht das ganze Gerät gesprengt hat.

Plötzlich stehen viele Menschen um mich herum. Sie sind von dem Knall in den Laden gelockt worden.

Die Frau, die mich gerade noch bedroht hat, liegt auf dem Boden und ist von nassen Kleidungsstücken bedeckt. Die Waschmaschinentrommel hat sie getroffen und niedergestreckt. Ich höre noch, wie ein Passant die Polizei und einen Krankenwagen ruft. Dann versinke ich im Dunkel.

GARTENSTUHL – LÜGE – VERSTECK

Sonja: Mahnmal

Hier saß Johann nun seit Jahr und Tag in seinem Garten, auf eben diesem **Gartenstuhl**. Nie hatte er ihn woanders hingestellt, nie würde er den inzwischen alten, rostigen Stuhl ersetzen. Nie wieder, seit jenem Tag im Frühjahr vor 40 Jahren.

„Du kannst mich mal!", schrie Susanne und schmiss die Vase auf den Boden. Wütend schaute Johann sie an. „Bist Du verrückt geworden?", rief er und trat auf sie zu. „Das war ein Erbstück!" „Wenn das alles ist, was deine Eltern dir hinterlassen haben, herzlichen Glückwunsch", sagte Susanne und zuckte achtlos mit den Schultern. Gehässig schaute sie ihn an. Ihre blauen Augen schienen einen Tick dunkler zu sein als sonst.

Seit einiger Zeit hatten sie sich jeden Tag in den Haaren. Inzwischen wollte und konnte Johann nicht mehr. Jetzt hatte er endgültig die Nase voll. „Ich möchte, dass du gehst", sagte er leise und bestimmt.

Doch so schnell gab Susanne nicht auf. Sie stemmte die Hände in die Hüften und sagte herausfordernd: „Du willst mich rauswerfen? Mich? Dein Ein und Alles?"

Mit sicherem Blick sah er sie fest an. „Pack deine Sachen und geh!" Es tat ihm weh, das sagen zu müssen. Aber in diesem Augenblick wusste er, dass es richtig war.

Susanne schoss das Blut in den Kopf. Wütend drehte sie sich um und gab der alten Standuhr, die einmal seinem Großvater gehörte hatte, einen heftigen Tritt. Krachend und scheppernd fiel das schöne Stück zu Boden. Glassplitter flogen umher.

Sprachlos sah Johann sie an und schnappte nach Luft. Jetzt reichte es. Er war so entsetzt, dass ihm kurz die Worte fehlten. „Verlass mein Haus! Sofort! Du hast zehn Minuten!" befahl er und zeigte auf die Türe.

Er stand am Fenster, als sie wütend davonstapfte, nur die Reisetasche über der Schulter, die sie mitgebracht hatte, als sie bei ihm einzog.

Als es in der Nacht heftig klopfte, erwachte Johann auf dem Sofa, auf dem er völlig übermüdet eingeschlafen war. Langsam erhob er sich und ging zur Türe. Er brauchte einen Augenblick und starrte überrascht auf Susanne, die vor ihm auf der Treppe stand. Sie hob die Hand und wollte ihn beiseiteschieben. „Lass mich rein, mir ist kalt. Der Zug ist nicht gekommen." Ihr Atem roch unangenehm nach Alkohol.

Johann spürte eine unbändige Wut in sich aufsteigen. „Geh zum Teufel und lass mich ein für alle

Mal in Ruhe!", sagte er lauter als beabsichtigt. „Geh doch zurück in die Kneipe!" Er versuchte sie wegzudrücken. Doch Susanne stemmte sich dagegen und setzte den Fuß in die Türe. Da wurde er noch wütender. „Hörst du nicht, was ich sage?"

Er gab ihr einen groben Schubs. Sie taumelte zurück. Ruderte mit den Armen und riss entsetzt die Augen auf. Seine Hand schnellte automatisch vor und versuchte, ihre Jacke zu erwischen. Doch er verfehlte sie knapp. Hilflos musste Johann zusehen, wie Susanne rückwärts die Treppe hinunterstürzte. Reglos blieb sie liegen.

Wie angewurzelt blieb er sekundenlang stehen. Blickte dann aufgeregt nach links und rechts, sprang hinab und beugte sich über sie. „Susanne! Susanne!", rief er, packte sie an den Armen und schüttelte ihren ganzen Körper. Doch die Gestürzte bewegte sich nicht mehr. Er beugte sich über sie und prüfte, ob sie noch atmete. Suchte ihren Puls am Hals. Nichts! Ihm wurde heiß und kalt. Das durfte doch nicht wahr sein. Alles drehte sich um ihn.

„Susanne, mach endlich die Augen wieder auf!", rief er ängstlich. Da flackerten ganz kurz ihre Augenlider. Er beugte sich tiefer hinab und jammerte: „Susanne, das wollte ich nicht! Hörst du! Es tut mir leid!" Ihre Lippen bewegten sich. Er starrte sie an und konzentrierte sich, um sie zu verstehen. Doch er wurde ganz steif, als er hörte, wie sie flüsterte: „Es war alles nur eine **Lüge**. Dafür werde ich dich eines Tages holen."

Starr vor Schreck ließ er Susanne los und eilte ins Haus zurück. Er warf die Türe zu und lehnte sich verstört dagegen. Ihm war schlecht. Was sollte er jetzt tun?

Susanne bekam einen Platz in seinem Garten. Der Gartenstuhl wurde ihr Grabstein. Wie ein Mahnmal hatte er ihn genau an dieser Stelle in den Boden zementiert.

Niemand fragte nach ihr. Familie und Freunde hatte sie nicht. Tag für Tag saß er von jetzt an auf dem Gartenstuhl, als müsse er sein **Versteck** bewachen. Seine Freude an Haus und Garten war ihm genommen.

Inzwischen war er alt und gebrechlich geworden. Oft kam es vor, dass er auf dem Stuhl einschlief und erst, wenn es kalt und dunkel wurde, wieder aufwachte. Wie auch heute. Johann hing zusammengesunken auf dem Stuhl, als er die Nässe im Gesicht verspürte. Er schreckte auf, blickte verschlafen um sich und sah nichts als Schwärze. Feuchtigkeit hing in der Luft und ein kalter Wind fuhr durch die Blätter der Bäume. Dann ein lauter Donner. Ein greller Blitz tauchte die Umgebung in unwirkliches Licht. Er kniff die Augen zusammen, weil er glaubte, zwischen den Bäumen eine Gestalt zu sehen. Unfähig sich zu erheben, starrte

Johann wie gebannt in die Dunkelheit. Der nächste Donner, gefolgt von einem neuen, hellen Blitz, gab ihm die Gewissheit. „Susanne!", rief er mit zittriger Stimme. Er fühlte, wie sich eine kalte Hand um sein Herz legte und es zusammendrückte. „Kommst du mich jetzt holen?"

Ulrike: Die Lebenslüge

Der 14-jährige Mica freute sich schon darauf, nach dem Mittagessen auf einem der neuen **Gartenstühle** auf der Terrasse zu sitzen, die Wärme der Sonne zu genießen und sein neues Buch zu lesen. „FAKE NEWS – wie Lügen gesellschaftsfähig werden", hieß es. Hochaktuell war es. Immer mehr Lügen geisterten durchs Internet und ließen sich selten von der Wahrheit unterscheiden. Ein spannendes Thema!

Als Mica auf die Terrasse trat, bemerkte er sofort das Lager, das seine Cousins am letzten Wochenende aus den alten Gartenstühlen gebaut hatten. Sie hatten die Stühle übereinandergestapelt und mit Decken behängt. Darin ist es bestimmt heimelig, dachte Mica. Er schaute hinein und sah, dass Kissen auf dem Boden lagen, auf denen man es sich richtig bequem machen konnte. Früher hatte er auch sowas gebaut. Aber nun war er zu alt dafür.

Er setzte sich auf einen der neuen Gartenstühle und vertiefte sich in sein Buch. Es ging natürlich um Donald Trump, der Journalisten immer als Lügner beschimpfte, um die Klimawandelleugner und die Querdenker, die der Meinung waren, es gäbe keine Corona-Viren. AfD-ler in Deutschland und Republikaner in den USA behaupteten, dass Windräder den Wind bis zur absoluten Windstille abbremsen würden und religiöse Fanatiker glaubten, dass die Erde eine Scheibe sei und die Sonne um die Erde kreisen würde.

Und dann gab es noch ein Kapitel über Mobbing. Die Betroffenen leiden unter den schäbigen **Lügen**, die über sie verbreitet werden. Die Lügen stammten vor allem von Menschen aus dem engeren Bekanntenkreis, wie Klassenkameraden oder Kollegen. Seltsame Menschen gibt es, dachte Mica. Warum machen sie die Anderen so schlecht? Wie bösartig muss man sein, um so etwas zu tun?

Ob er auch mal jemanden aufs Glatteis führen könnte? Eine Lüge verbreiten, die andere glaubten? Natürlich ohne jemandem zu schaden. Er hatte eine Idee.

Er scannte einen Brief mit dem Kopf seiner Schule ein, wobei er den Text abdeckte. So hatte er, bis auf den Briefkopf, ein leeres Blatt. Darauf schrieb er dann:

Sehr geehrte Frau und Herr Wagner!

Leider müssen wir Ihnen mitteilen, dass Mica in letzter Zeit häufig die Schule geschwänzt hat. Auch lassen seine Leistungen immer mehr zu wünschen übrig. Während des Unterrichts stört er häufig.

Darum haben seine Lehrer bei der letzten Klassenkonferenz beschlossen, ihn für einen Tag vom Unterricht auszuschließen.

Aus diesem Grund bitten wir Sie um ein Gespräch. Setzen Sie sich mit mir wegen einem Termin in Verbindung.

Mit freundlichen Grüßen
E. Petersmann

Mica druckte den Brief aus und setzte eine Krakelunterschrift darunter.

Dann steckte er ihn in ein Kuvert, adressierte ihn an seine Eltern und warf ihn am nächsten Morgen auf dem Schulweg in einen Briefkasten.

Seine Eltern hatten ein Ritual. Da sie beide berufstätig waren und die Post gemeinsam öffnen wollten, trafen sie sich dazu bei schönem Wetter auf der Terrasse, gemütlich bei einem Glas Wein.

Der Brief kam am übernächsten Tag. Mica holte die Post aus dem Briefkasten und legte sie auf den Gartentisch. Auch das gehörte zu dem Ritual.

Kurz bevor seine Eltern von der Arbeit kamen, legte er noch einen Zettel auf den Esstisch. Auf dem stand: *„Ich bin bei Philipp. Komme erst spät heim, Mica. "*

Dann kroch er in das Lager, das seine Cousins gebaut hatten. Es war das perfekte **Versteck**. Mica war gespannt, doch es dauerte noch eine Weile, bis seine Eltern nach Hause kamen. Um die Zeit zu überbrücken, las er weiter in seinem Buch, gemütlich auf den Kissen liegend. Endlich betraten seine Eltern die Terrasse.

Eine Weile hörte er es nur rascheln. Die Eltern öffneten die Post und lasen. Plötzlich sagte Micas Mutter: „Ralf, hör mal. Das hier ist ein Brief aus der Schule." Und dann las sie den Text vor.

Zunächst war Schweigen. Dann begann seine Mutter:

„Das hätte ich nie von ihm gedacht!"

„Er tut doch immer so fleißig und strebsam!"

„Ja, eigentlich hat er den Ruf eines Strebers, habe ich geglaubt."

„Hast du bemerkt, dass er nicht in die Schule ging?"

„Nein, er hat das Haus jeden Morgen pünktlich verlassen."

„Was hat er dann gemacht? Wo ist er hin?"

„Ich weiß es nicht."

Nach einer Pause sagte sein Vater:

„Das ist typisch sein Vater! Hinterhältig und verlogen!"

„Das stimmt doch gar nicht! Herbert war nicht hinterhältig und schon gar nicht verlogen!"

„Natürlich, darum hast du ihn doch verlassen!"

„Du hast ihn doch gar nicht gekannt!"

„Du hast mir genug von ihm erzählt. Ich hatte immer befürchtet, dass Mica nach seinem Vater kommt. Darum wollte ich ja immer einen eigenen Sohn. Auf den hätte ich mehr Einfluss gehabt."

„Du hast ihn doch mit großgezogen! Also hast du Einfluss auf ihn gehabt."

In diesem Moment trat Tante Irma unerwartet auf die Terrasse. Sie hatte ihren schwarzen Markiesje mitgebracht. Pollux hieß er. Er kam schwanzwedelnd auf die Eltern zu und ließ sich kurz streicheln. Dann schnupperte er herum und lief zu dem Lager aus den alten Gartenstühlen. Er wurde immer aufgeregter.

„Was macht der denn da? Habt ihr dort eine Wurst versteckt?" fragte Tante Irma.

Dann lief sie zu Pollux, um ihn wegzuziehen. Dabei entdeckte sie Mica.

„Hi, Mica, was machst du denn da drinnen?", rief sie erfreut und erstaunt zugleich.

Mit hochrotem Kopf kroch Mica aus seinem Versteck heraus.

Peinliche Stille breitete sich aus.

So wurde mit einem **Lügentest** eine **Lebenslüge** enttarnt.

BÄCKEREI – FENSTERRIEGEL - NEBEL

Inge: Trostlos

Sie würde für den Rest ihres Lebens an diesem **Fensterriegel** hängen, dachte sie, für den Rest ihres verhassten Lebens. Dieser Gedanke kreiselte, hämmerte als Litanei in ihrem Kopf, wann immer sie ihn zuließ. Für den Rest ihres Lebens, wenn nicht doch noch das Wunder geschah.

Hinter ihr war die Backstube. Die **Bäckerei** lag verwaist hinter den großen Scheiben. Fensterriegel auch dort, die er nicht mehr öffnen würde. Keiner würde mehr dahinter pfeifen, keiner fragen, ob noch Laibe gebraucht würden oder eher Kleinbrot.

Die Backstube. Dieses ewige Einerlei. Schau dich doch um, hatte sie gesagt. So viele brechen jetzt auf, stellen sich mutig dem Feind. Deutschlands Jugend ist auf dem Weg zum Platz an der Sonne, viele sind dem Aufruf schon gefolgt. Der Fritz, der Franz, der Wilhelm, der Karl sogar. Mit Sieg und Glanz und Gloria zurückkehren unter den Weihnachtsbaum, das würden sie.

Sollte da ausgerechnet ihr Sohn nicht dabei sein, auf dem Weg in das neue Deutschland. Warum nicht auch er? Er nicht?

Du hast ihn fortgeschickt, du selbst, du selbst .... Die Gewissheit trieb ihr die Hitze ins Gesicht und sie legte die Stirn ans Fensterglas.

Einmal war sie hinübergegangen, hatte in die Mehlschublade gegriffen und wie unter Zwang den weißen Staub in alle Richtungen geschleudert. Sie wollte sich vom **Nebel** einhüllen lassen, den Schmerz betäuben, der ihr den Atem nahm.

Kein Platz an der Sonne mehr. Nebel war ihr jetzt das Liebste geworden. Nebel im Kopf und vor den Augen. Der verschluckte das Leben draußen, wo scheinbar alles seinen Gang nahm – obwohl wenige zurückgekommen waren. Jedenfalls der eine nicht. So viele Weihnachten waren schon ins Land gegangen! Die Menschen gingen aneinander vorbei, mit versteinerten Mienen. Es war als reiße jeder Wunden auf mit seinem bloßen Dasein.

Auch nach all den Jahren glaubte sie noch manchmal, es dufte aus der Backstube, glaubte, sie höre das Schrubben der Knetmaschine am Trog.

Dann klammerte sie sich nur fester an den Fensterriegel und versank in ihrem endlosen Selbstgespräch.

Sonja: Der Schulschwänzer

„Schnell, beeil dich!", rief Simons Mutter, half ihm mit dem Schulranzen und schubste ihn beinahe zur Türe hinaus. „Schnell!", legte sie nochmals lauter nach.

Simon rannte los. Wenn er diese Woche noch einmal den Bus verpassen würde, würde seine Mutter ihm für drei Wochen Computerverbot erteilen.

Die Straße führte leicht bergab und er beschleunigte, als er den Bus herannahen sah. Doch der hielt bereits an der Haltestelle. Simon sah, wie die anderen einstiegen. Gerade, als er völlig außer Atem um die Kurve lief, schlossen sich die Türen. Der Bus fuhr ihm schon wieder vor der Nase davon.

„Verdammter Mist!", rief er und stampfte mit dem Fuß auf. Tränen rollten ihm über die Wangen. Was sollte er jetzt tun? Nach Hause konnte er auf keinen Fall. In seinem Kopf flammten Bilder auf, in denen seine Mutter bereits die Kabel vom Computer entfernte. Sie darf nichts davon mitbekommen, schwor er sich.

Ihm fiel ein, dass seine Mutter jeden Mittwoch einkaufen ging. Er beschloss, sich zu Hause zu verstecken, sobald sie weg war.

Als Simon an der **Bäckerei** vorbeikam, schielte er vorsichtig durchs Schaufenster. Die Verkäuferin durfte ihn auf keinen Fall sehen. Sie würde es sicher seiner Mutter erzählen. Er wartete, bis sie sich umdrehte und in die Backstube ging. Dann rannte er schnell vorbei und nahm den Weg zur Kirche, der ein Stück weiter in einen Feldweg mündete, auf dem er oft mit dem Fahrrad unterwegs war. Hier am Ortsrand herrschte dichter **Nebel**. Umso besser! Hier könnte er ein wenig Zeit vertrödeln.

Langsam setzte Simon einen Schritt vor den anderen und kickte dabei Kieselsteine vor sich her. Dass die Erwachsenen immer alles bestimmen dürfen, dachte er frustriert und zog sich die Jacke enger um den Leib. Es war November und so kalt, dass er mit seinem Atem kleine Rauchwolken bilden konnte. Kurz nachdem es neun Uhr geschlagen hatte, zog er sich die Kapuze fester ins Gesicht und ging mit schnellen Schritten zurück nach Hause, ohne nach rechts oder links zu blicken.

Unterwegs holte Simon bereits den Hausschlüssel heraus, stieg schnell die Eingangstreppen hinauf und witschte zur Türe hinein. Puuh, geschafft! freute er sich. Schön warm hier, dachte er und hielt die kalten Hände vor den Kaminofen. Doch er musste sich beeilen. Deshalb schnappte Simon den Schlüssel vom Brett, schlich in den Garten, schloss das Gartenhaus auf und ging hinein. Was jetzt? Der Schlüssel musste wieder zurück. Ich mache einfach das Fenster auf und steige wieder ein, nachdem ich den Hauschlüssel zurückgelegt habe.

Geschafft! Er schaute sich um. Reichlich viel Müll hier, dachte er, bei dem Anblick all der Gartengeräte und Blumenkübel. Ihm war nicht ganz klar, für was seine Mutter diese Dinge benötigte. Die kleine Gartenbank in der Ecke räumte er ab und setzte sich. Mit der Zeit wurde es kalt. Zum Glück gab es ein paar alte Decken. Sind doch nicht ganz unnütz, dachte Simon. Als draußen Geräusche zu hören waren, linste er vorsichtig zum Fenster hinaus. Das Auto seiner Mutter fuhr in den Hof. Nach dem Aussteigen unterhielt sie sich mit der Nachbarin, die in ihrem Garten werkelte. Es musste schon Mittag sein, denn seine Klassenkameraden kamen die Straße heruntergelaufen. Sie stoppten, und Patrick, der nebenan wohnte, holte einen Ball heraus. Dann begannen sie auf der Straße Fußball zu spielen. Jetzt juckte es Simon in den Beinen. Wie gerne hätte er mitgespielt!

„Wo bleibt eigentlich Simon?", hörte er seine Mutter fragen. Ihm blieb beinahe das Herz stehen. Gebannt lauschte er. Doch seine Klassenkameraden ließen sich nicht vom Spiel ablenken und spielten einfach weiter. Glück gehabt, dachte Simon und beobachtete, wie seine Mutter mit Tüten bepackt zum Haus ging und die Haustüre aufschloss.

In diesem Moment holte Patrick aus und versetzte dem Ball einen kräftigen Schlag. Der flog genau in Richtung Gartenhaus. Peng! Das Fenster flog auf und der Ball sprang hinein. Simon hatte vergessen, das Fenster wieder zu schließen, nachdem er eingestiegen war. „Was ist denn da los?", hörte er seine Mutter rufen. „Wieso ist das Fenster nicht geschlossen?" Oje, jetzt bin ich aufgeflogen, dachte Simon und duckte sich hinter der Gartenbank. Er hörte, wie alle angerannt kamen, linste hinter der Bank hervor und sah, wie seine Klassenkameraden zum Fenster hineinstarrten.

Einer rüttelte an der Türe. „Abgeschlossen!", stellte er fest. „Seltsam! Ich hole den Schlüssel!", rief Simons Mutter.

Kurz darauf wurde der Schlüssel ins Schloss gesteckt. Simon sah, wie seine Mutter und ein paar seiner Schulkameraden das Gartenhaus betraten. Sie schauten sich um. Peter kam in seine Nähe und tatsächlich, sein Schulkamerad entdeckte ihn hinter der Gartenbank. Simon legte den Finger auf die Lippen. „Niemand da!", rief Peter und seine Mutter verließ kopfschüttelnd den Raum. Zu Peter gewandt, meinte sie im Hinausgehen: „Bitte lege noch den Riegel am Fenster wieder um." Simon hielt den Atem an. Doch Peter reagierte blitzschnell, legte den **Fensterriegel** um und ganz leise wieder zurück. Als die

Mutter im Haus war, rannte Peter zum Gartenhaus, drückte das Fenster auf und rief: „Schnell, Simon, reine Luft, du kannst wieder rausklettern. Beeil dich!" Simon schnappte seinen Schulranzen, warf ihn durchs Fenster und war schon mitten im Fußballspiel, als seine Mutter wieder aus dem Haus kam, um die restlichen Einkäufe zu holen. Gerade nochmal gut gegangen!

HÄNDE – KALENDER – SCHNEEGESTÖBER

Sonja: Der Einsame

Heinz öffnete die Türe und stolperte hinaus. Die kalte Luft stach in seine Lungen und war so schwer zu ertragen, wie das Bewusstsein, dass er heute Abend alleine war. Es war Heiligabend. Keine Gaststätte, keine Tankstelle, nichts hatte mehr geöffnet, keine Möglichkeit die Düsternis beiseite zu schieben. Der alte Mann stieß die Türe zum Park auf und machte sich mit schleppenden Schritten auf den Heimweg. Im angrenzenden Fluss spiegelten sich die Lichter der Häuser von der gegenüberliegenden Seite. Die hellen Inseln der vielen beleuchteten Dekorationen rundherum verströmten eine besondere Stimmung. In den Fenstern konnte man hie und da einen Blick auf die geschmückten Weihnachtsbäume werfen. Der leichte Schneefall zauberte die perfekte Weihnachtsstimmung.

Jedoch nicht für ihn. Er war einsam und allein, seit seine Frau vor kurzem verstorben war. Seine Kinder wohnten weit weg. Und die Wirtshausfamilie, bei der er seitdem ein täglicher Stammgast geworden war, hatte ihn freundlich aber bestimmt zum Gehen aufgefordert. Kurz bevor er ausgetrunken hatte, öffnete er zusammen mit der kleinen Elanie das letzte

Türchen im **Kalender**. Sie hatte ihn mit großen Augen angesehen und gefragt: „Du hast doch auch einen Adventskalender Onkel Heinz?" „Natürlich", hatte er gesagt, denn er vermutete, sie würde sonst darauf bestehen, dass er ihre letzte Schokolade essen sollte.

Er trottete weiter. Das inzwischen eingesetzte **Schneegestöber** ließ ihn blinzeln, weil immer wieder Schneeflocken auf seine Lider fielen. Die Nässe kroch in seine Glieder und seine Augen tränten. Keine Menschenseele war unterwegs. Alle anderen saßen bereits schon vereint unter dem Weihnachtsbaum und feierten. Dadurch fühlte sich der alte Mann noch einsamer als sonst.

Völlig ermattet setzte sich Heinz auf eine Parkbank, müde, ausgelaugt und traurig. Er konnte nicht weitergehen, hatte Angst davor, alleine in seiner leeren Wohnung zu sitzen. Haben mich denn alle vergessen? Tränen rollten ihm über die Wangen.

Ihm war kalt und er zitterte. Ich muss weiter, fuhr es ihm durch den Kopf, aber er schaffte es nicht aufzustehen. Es war, als ob ihn unsichtbare **Hände** auf der Parkbank festhalten würden.

Die Turmuhr schlug und von irgendwo erklang „White Christmas". Sein Lieblingsweihnachtslied. Heinz blinzelte und schloss die Augen, lauschte der Musik. Mit den Händen dirigierte er die Melodie und versank in Erinnerungen.

Plötzlich hörte er eine Stimme: „Onkel Heinz! Du musst aufstehen!" Der alte Mann stutzte, blinzelte und schaute sich um. Da war doch niemand. Und dennoch hörte er die Stimme ganz deutlich sagen: „Es ist viel zu kalt!" Er zögerte. „Bitte! Ich habe Angst um dich!" Da gab sich der alte Mann einen Ruck, stand auf und sagte leise: „Alle haben mich wohl doch noch nicht vergessen!"

Ulrike: Eine unheimliche Nacht

Passend zu dem Foto auf dem **Kalender** schneite es. Nein, es schneite nicht nur, es war ein richtiges **Schneegestöber**. Ein heftiger Wind mit starken Böen verwehte die dicken Schneeflocken und baute hohe Schneewechten auf. Jetzt wollte niemand unterwegs sein. Ade war froh, dass sie die Hütte noch rechtzeitig erreicht hatte. Nun war sie zwar eingeschneit, aber sicher. Die Schneedecke rund um das Gebäude wuchs.

Zum Glück ragte das Dach über die vier Hauswände so weit hinaus, dass Ade die Holzscheite, die rund um die Hütte herum bis zum Dach hinauf aufgestapelt waren, trockenen Fußes holen konnte. So konnte sie ein Feuer machen und musste nicht frieren. Zum Trinken hatte sie auch genug, denn sie brauchte ja nur den Schnee in einem Topf schmelzen und schon hatte sie Wasser, um sich einen Tee zu kochen. Der Vorrat an Streichhölzern sah beruhigend aus.

Nun stand sie schon eine Weile vor dem Regal und begutachtete die eingelagerten Dosen. Linsen, Sauerkraut und Tomaten waren da. Dazu gab es Tüten gefüllt mit Spätzle, Spaghetti und Kartoffelpüree. Auch Milchpulver und Salz fand sie.

Das belegte Brot, das sie vorgestern mit auf den Weg genommen hatte, hatte sie aufgegessen.

Wie lange sie es hier wohl noch aushalten musste? Es schneite nun schon seit zwei Tagen. Hilfe konnte sie nicht holen, denn der Akku von ihrem Handy war leer. Es gab keinen Strom. Darum konnte sie weder das Handy aufladen noch Licht machen. Wahrscheinlich waren die Stromleitungen unter der Schneelast zusammengebrochen. Ade behalf sich mit Kerzen und einer Campinglampe, die sie in einem Schrank gefunden hatte. Ob bei diesem Wetter überhaupt jemand kommen konnte, um sie hier herauszuholen, wusste sie nicht. Sie hatte keine Ahnung, wie es außerhalb der Hütte aussah. Die Schneeberge vor den Fenstern nahmen ihr den Blick.

Zuerst hatte sie geglaubt, sie könne einen Weg nach draußen schaufeln. Doch der Versuch hatte ihr nur kalte **Hände** eingebracht. Der Schneefall hatte an Stärke zugenommen und bedeckte den Zufahrtsweg inzwischen wieder mit einer mächtigen Schneeschicht. Sie musste hier oben ausharren – aber wie lange noch?

Die Einsamkeit und die Ungewissheit schlugen ihr aufs Gemüt. Es gab ein paar Bücher. Doch das Licht war so trüb, dass das Lesen ihre Augen zu sehr anstrengte. Also legte sie das Buch, das sie ergriffen hatte, nach kurzer Zeit wieder weg. Sie konnte sich sowieso nicht konzentrieren. Ständig wurde sie durch Grübeln abgelenkt. Warum war sie eigentlich, trotz dieser Wetterwarnungen, zur Hütte gelaufen? War der Brief, den sie hier vergessen hatte, wirklich so wichtig? Sie wollte ihn unbedingt holen, bevor ihn jemand anderes fand und las. Nun hielt sie ihn in der Hand. Aber dafür hatte sie ihr Leben riskiert. War er das wirklich wert? Sie machte sich große Vorwürfe.

Am schlimmsten waren die Nächte, die sie hier auf der harten Strohmatte zubringen musste. Sie schützte zwar vor der Kälte von unten, war aber kratzig und pikste. Und so lag sie die meiste Zeit wach, in absoluter Dunkelheit und Stille. Natürlich war sie auch viel zu nervös, um zu schlafen. Und am Tag hatte sie zu wenig Bewegung, um müde zu werden.

Zur Dunkelheit kam die Langeweile. Die Zeit zog lange, zähe Fäden wie langsam erstarrender Klebstoff. Ihre Gedanken blieben immer häufiger an ihnen hängen. Sie drehten sich nur noch im Kreis und dieser wurde zunehmend kleiner. Neue Gedanken kamen immer seltener.

Am vierten Tag hatte sie das Gefühl, verrückt zu werden. Panik stieg in ihr auf. Was ist, wenn sie nichts mehr zu essen hat? Dann käme der Hunger – und dann? Sie würde frieren, und davor konnte auch das Feuer sie nicht schützen. Die Kälte käme von innen. Vielleicht würde man sie erst finden, wenn sie verhungert und erfroren war!? Wie sah sie dann aus? Blaugefroren? Von hungrigen Ratten angenagt? Oder würden nur noch ihre Knochen gefunden? Nein, weg! Solche Grübeleien musste sie vertreiben. Sie durften nicht von ihr Besitz nehmen. Sie musste nach schönen Gedanken suchen, nach Gedanken, die ihr Mut machten und die ihr halfen, einen Ausweg aus ihrer Situation zu finden. Doch die kamen nicht.

In der nächsten Nacht wurde sie durch ein Kratzen aus ihrem leichten Schlaf gerissen. Oder war es ein Knacken? Woher kam das? War da wer? Sie hörte das Geräusch wieder und bekam eine Gänsehaut. Es kam von oben. Sie unterdrückte ihre aufkommende Angst. Nein, es gab keine Gespenster! Sie zwang sich, an reale Möglichkeiten zu denken. Eigentlich konnten es nur Marder sein. Soviel sie wusste, gab es hier in der Hütte zwar keine. Aber bei dem Schnee? Warum nicht? Die Tiere hatten hier Zuflucht gesucht und gefunden. So, wie sie auch. Sie beschloss, am nächsten Morgen auf den Dachboden zu steigen und nachzuschauen. Jetzt wollte sie versuchen, noch etwas zu schlafen. Es war zu dunkel, um etwas zu unternehmen.

Als das Tauwetter einsetzte, machten sich Suchtrupps auf den Weg, um die Folgen des Schneefalls in den Bergen zu erkunden. Als sie an der Hütte vorbeikamen, ragte aus der pappigen Schneemasse ein Trümmerhaufen aus Holz heraus. Der schwere Schnee hatte wohl das Dach zum Einsturz gebracht und alles unter sich begraben. Die Bergretter zogen weiter, um noch Lebende zu finden, die in Not waren. Hier hatte sicher niemand überlebt, falls sich jemand in der Hütte befunden hatte. Es würde reichen, wenn sie warteten, bis der Schnee vollständig getaut war.

MEER – RIESENRAD – SEKTEMPFANG

Inge: Hurra, wir leben noch!

Es ist vielleicht zwei, drei Monate her - das Zeitgefühl kommt einem in diesem Coronaeinerlei ja mehr und mehr abhanden – vielleicht drei Monate also, als ich beim Heraustreten aus einer schmalen Gasse mit kaum fünf Meter Abstand auf das **Riesenrad** traf. Es stand eingeklemmt zwischen Volksbank und Kaufhaus Zinser und überragte knapp das Spitalhaus-türmchen.

Eindrücke von anderen Riesenrädern drängten sich mir auf. Zuerst der kolossale Strahlenkranz, der sich in Paris mit dem Eiffelturm maß. Auch das Rad im Prater kam mir in den Sinn mit all dem lärmenden Treiben rings umher.

Was sich vor mir abmühte, war eine magere Kopie. Langsam und schwerfällig zog es seine Kreise. Um drei Uhr nachmittags war nur ein einziger Sessel besetzt. Gähnende Leere auf dem Platz. Nur vereinzelt Passanten und alle gingen sichtlich angestrengt ungeliebten Geschäften nach.

In diesem Moment erschien mir die Szenerie in der Reutlinger Innenstadt wie der gewiss unbeabsichtigte Ausdruck für unsere von der Pandemie aufgezwungene Freudlosigkeit. Ehrenwert war er ja, der Versuch der Stadtväter, Jung und Alt in die Innenstadt zu locken, vielleicht dabei auch ein paar unerschrocken Kauflustige einzufangen.

Unter anderen Umständen hätten wir die Einladung genießen können. Zu gerne würden wir auch jetzt für Minuten alle Schwerkraft unter uns lassen. Beschwingt – bisweilen auch schwankend – in der Gondel an Höhe gewinnen und uns aus der Vogelperspektive zum Schauen, Staunen, Zeigen verführen lassen: „Schau nur, da, die Alb liegt uns zu Füßen!", würden wir vielleicht schwärmen: „Da, der silberne Strich dort! Wunderschön, der schmale Nebelstreif da drüben!" Und dann, da vielleicht anderes die Aufmerksamkeit des Partners festhält und die erwartete Bestätigung ausbleibt, erstaunt ausrufen: „Wo schaust du denn hin? Da drüben, weiter rechts, noch weiter... Siehst du den Schimmer jetzt?"

Wie gerne wären wir jetzt so oben, für Stunden, Tage, am besten für immer. Würden, in besseren Zeiten, immer neue Runden drehen und immer wieder mit aller Vorsicht und dem gehörigen Respekt vor der Höhe nach unten schielen auf das Gewimmel auf dem Platz und würden, sicher gehalten, von oben selbst noch den Blick in den Abgrund schaudernd genießen.

Noch weniger als die berühmten Zwanziger sind die Zwanziger unseres Jahrtausends für Vergnügungen gemacht. Unser Leben ist ein ermüdendes Kreisen im immer Gleichen geworden. Ein verhuschtes sich Vorbeidrücken und ein hastiges Reden hinter verhängten Gesichtern. Kaum ein Tag bietet Entdeckungen. Und wenig lädt zum Verweilen ein.

„Hurra, wir leben noch!" So makaber das auch klingen mag, in den Ängsten dieser ersten Pandemiemonate wird dieses Motto Ausdruck verzweifelter Hoffnung. Aber wie die Hauptfigur von Simmels Roman sollten wir in jeder Lebenslage den Mut bewahren.

Wir sollten optimistisch bleiben und wie er unsere Ängste in einem **Meer** von angestrengter Fröhlichkeit und **Sekt** ertränken.

Sonja: Der Plan

Petro gehörte zu dieser Schaustellerfamilie, die ein Riesenrad besaß. In der Schule lachten die anderen, wenn er auf die Frage: „Was macht dein Vater?" antwortete: „Er dreht das **Riesenrad**." Wenn er denn mal in die Schule ging. Überhaupt war sein Leben ganz anders als das der anderen Kinder. Seine Heimat war der Wohnwagen und seine Familie die Truppe der Schausteller. Sie waren immer unterwegs. Bevor er Freunde finden konnte, zogen sie weiter. Dabei wollte er so gerne auch Freunde haben.

Dann traf er Julia, als sie in der neuen Stadt ankamen. Sie gefiel ihm mit den Sommersprossen und den roten Haaren. Und lustig war sie. Und sie hatte überhaupt nicht gelacht, als er das mit dem Riesenrad erzählt hatte. Im Gegenteil. Sie war nach der Stunde zu ihm gekommen und hatte gefragt, ob sie mitfahren dürfe. Auf dem Riesenrad, das sein Vater bediente.

Freudestrahlend lud er sie ein und wartete schon ungeduldig auf sie, als sie am Nachmittag erschien. Es war, als würden sie in Richtung des Himmels schweben, als die Gondel immer höher stieg. Ganz oben hielt sie an. Ein leichter Wind wehte und ließ sie sanft hin und her schaukeln. Julia schaute ängstlich nach unten und klammerte sich an Petro. Beruhigend strich er über ihr Haar. „Du brauchst keine Angst zu haben, uns passiert nichts!" Tatsächlich ließ sie daraufhin seine Hand wieder los. Schade, dachte er kurz und rief dann: „Sieh mal, unsere Schule." Dabei zeigte er mit dem Finger in Richtung des großen, hufeisenförmigen Gebäudes. Hoffentlich würden sie noch länger in dieser Stadt gastieren. Er wollte am liebsten nie wieder hier weg.

Julia kam von da an jeden Morgen vorbei und sie gingen zusammen zur Schule. Seine Eltern beobachteten das Ganze argwöhnisch. Er sollte sich nicht zu sehr anfreunden. Das würde nur Kummer verursachen. Und Ärger.

Petro kannte die Anzeichen für das Herannahen des Aufbruchs gut genug. Sie mussten es ihm nicht sagen. Zurückgehende Besucherzahlen. Streit unter den Schaustellern, das führte manchmal auch kurzfristig zum Aufbruch der Kolonne.

„Ich werde bald weiterziehen", sagte Petro eines Morgens. „Nein", rief Julia ganz laut, „das darfst du nicht. Du musst hierbleiben!" Sie war den Tränen nahe. So schnell wollte sie nicht aufgeben. „Ich komme mit!", rief sie auf einmal und lachte. „Ja, ich kann tanzen. Ich gehe ins Ballett. Das ist die Lösung. Sag mir nur, wenn´s losgeht. Ich bin bereit."

Nachts wälzte sich Petro im Bett herum. Das würden seine Eltern nicht erlauben. Und erst die Eltern von Julia. Sie wohnten in einem wunderschönen Haus. Niemals würden sie ihre Tochter fortziehen lassen. Weinend schlief er ein.

Als er Julia am nächsten Tag sah, lachte sie und sagte: „Ich habe einen Plan für uns geschmiedet." Ratlos sah er sie an. „Morgen Abend geben meine Eltern einen **Sektempfang**, dann sind sie abgelenkt. Ich werde dich um acht Uhr abholen. Dann hat eure Vorstellung begonnen und niemand wird etwas bemerken. Wir fahren mit dem Zug hinauf in den Norden. Dort besitzen meine Eltern ein Ferienhaus – am **Meer**! Das Geld dafür habe ich schon." Strahlend sah sie ihn an. „Da war ich noch nie.", sagte Petro. Wie gerne würde er einmal das Meer sehen. „Siehst du", sagte Julia als sie seinen verklärten Blick sah. „Es wird dir gefallen." „Ja, das wäre schön", sagte Petro und blickte sie verliebt an. Diesmal hielt er ihre Hand ein wenig länger als sonst.

Julia rannte freudestrahlend davon. Unterwegs drehte sie sich noch einmal um, winkte ihm und rief: „Ich bin pünktlich!"

Als er am nächsten Morgen erwachte, rüttelte und schüttelte es ihn im Bett des Wohnwagens hin und her. Voller Schreck setzte er sich auf. Dann schwang er die Beine über die Kante und beugte sich zum Fenster hin. Er schob den kleinen Vorhang zur Seite und schaute hinaus. „Nein!", schrie er laut auf. Sie fuhren gerade zur Stadt hinaus. Enttäuscht und wütend hämmerte er mit seinen Fäusten gegen die Wand des Wohnwagens. Laut schrie er: „Das lasse ich mir nicht gefallen. Ich haue ab! Macht euren Scheiß allein."

Ulrike: Die Entführung

Es war ein wunderschöner Tag. Wir waren in Schwerin gewesen, rund 50 Kilometer von zu Hause entfernt. Auf dem Marktplatz stand ein **Riesenrad!** Ich bin zum ersten Mal in meinem Leben mitgefahren. Der Blick über die Stadt war grandios. Es musste faszinierend sein, von hier oben aus das Lichtermeer der Stadt bei Nacht zu sehen.

Doch wir konnten nicht bleiben, wir mussten zurück, denn mein Chef hatte Geburtstag und spendierte allen seinen Mitarbeitern einen **Sektempfang** mit Essen.

Mein Chef war sehr beliebt, freundlich und attraktiv. Und auch sehr großzügig. Das Essen war köstlich und die Stimmung ausgelassen. Alles war perfekt. Er war ein wunderbarer Mann. Mein Leben war ein Traum.

Am nächsten Morgen, es war Samstag, weckte mich ein Anruf der Polizei. Eine Leiche sei am Strand angeschwemmt und in der Manteltasche war mein Personalausweis gefunden worden. Darum solle ich sofort kommen.

Als ich den Strand entlanglief, war das **Meer** aufgewühlt, die Wolken hingen tief und es nieselte. Ich kämpfte gegen starke Windböen an, die das Laufen erschwerten. Schon von Ferne sah ich die Polizeiabsperrung. Dahinter bewegten sich mehrere Personen. Eine lag am Boden. Das musste die Leiche sein. Ich war sehr beunruhigt, weil ich nicht wusste, was auf mich zukam.

Und dann hatte ich die Absperrung durchschritten und sah ihn: meinen Chef. Er war gefesselt und ertrunken, das Meer hatte ihn an Land gespült. Wie war er dort hinein gekommen? Warum hatte er meinen Personalausweis? Was war mit ihm passiert?

Alle diese Fragen schossen mir gleichzeitig durch den Kopf.

Ich musste auf das Revier mitkommen und wurde dort befragt. Ja, es stimmte, ich hatte ein Verhältnis mit meinem Chef. Und ja, es stimmte, er war verheiratet. Ich war aber überzeugt, dass seine Frau nichts von unserem Verhältnis wusste. Ich berichtete:

Mein Chef hatte mir vorgeschlagen, das Wochenende in Schwerin zu verbringen. Da seine Frau in Kur war, könnten wir dort eine unbeschwerte Zeit genießen. Gestern Abend waren wir zurückgefahren.

Wir waren zu seiner Geburtstagsfeier gegangen. Dort wusste natürlich niemand etwas von unserem Verhältnis. Und damit das auch so blieb, gingen wir getrennt nach Hause. Beim Abschied habe ich ihn das letzte Mal gesehen. Ich hatte keine Ahnung, was danach geschehen war.

„Warum hatte er Ihren Personalausweis?", wurde ich gefragt. Ich wusste es nicht. Vielleicht hatte ich ihn aus Versehen an der Rezeption liegen gelassen? Mein Chef hatte ihn entdeckt, eingesteckt und dann vergessen, ihn mir zu geben? Vielleicht war es so gewesen?

Dann fragte mich eine Polizistin nach der Atmosphäre in der Firma und was wir herstellten. Wir produzieren Tresore und sind in diesem Sektor Marktführer. Unsere neueste Erfindung ist die

Steuerung nur über Gedanken. Die Besitzer können ihren Tresor öffnen, wenn sie an das Schlüsselwort denken. Die Bedienung war dadurch stark vereinfacht. Doch es gab einen Haken: Noch mussten wir das Wort einprogrammieren. Aber wir arbeiteten daran, dass das die Tresorbesitzer in Zukunft selbst machen können. Noch sind wir aber nicht soweit.

In der Nacht nach dem Verhör schlief ich schlecht. Immer wieder grübelte ich, immer wieder kreisten die gleichen Gedanken in meinem Kopf. Wiederholt ließ ich alles Revue passieren.

Warum hatte mein Chef unbedingt mit der roten Gondel vom Riesenrad fahren wollen? Er hatte sich noch vor mir in sie hineingedrängt, was eigentlich nicht seine Art war. Ich sah, dass er schnell etwas vom Sitz wischte, bevor er mich auch einsteigen ließ. Als ich neben ihm saß, wollte ich nach seiner Hand greifen. Doch ich tastete ins Leere. Seine Hand steckte in seiner Manteltasche. Hatte er auf dem Sitz etwas gefunden, das er nun festhielt? Kurz war es mir so vorgekommen. Aber ich hatte nicht weiter darüber nachgedacht, denn das Riesenrad hatte sich in Bewegung gesetzt.

Mein Chef wirkte ab jetzt angespannt. Ich vermutete, dass das mit der Vorbereitung seiner Geburtstagsfeier zusammenhing. Aber vielleicht hatte sein Grübeln auch einen anderen Grund gehabt?

Und dann hatte im Hotel ein komischer Mann an der Garderobe gestanden und meinem Chef ein kaum merkliches Handzeichen hatte. Mein Chef hatte den Zimmerschlüssel von der Rezeption geholt, ihn mir in die Hand gedrückt und mich gebeten, schon mal vorzugehen, er komme gleich nach. Dann war er in Richtung des Mannes gelaufen. Doch ich wollte nicht neugierig sein und stieg in den Fahrstuhl.

Und nun ist er tot. Wie war er ins Meer gekommen? Warum war er ertrunken? Auf jeden Fall wurde er ermordet, sonst wäre er nicht gefesselt gewesen. Viele Fragen - aber keine Antworten.

Am nächsten Tag musste ich noch einmal ins Polizeipräsidium. Ich wurde weiter über die Firma und ihre Kunden ausgefragt. Als Sekretärin des Chefs wusste ich über vieles Bescheid.

Und dann fragten sie mich auch nach seiner Frau. Dabei erfuhr ich, dass sie nicht in Kur gefahren, sondern verschwunden war. Ein Entführer hatte sich bei meinem Chef gemeldet und ihn erpresst. Die Polizei hatte den Erpresserbrief in seiner Wohnung gefunden. Der Schreiber wollte den Sicherheitscode von einem Tresor erfahren, der erst kürzlich an eine Bank ausgeliefert worden war.

Ein paar Tage vergingen. Ich grübelte weiter über das, was wohl geschehen war. Dann schrillte das Telefon. Am anderen Ende war ein Mann, der seine

Stimme unkenntlich gemacht hatte. Es ging um das Schlüsselwort von einem Tresor, den wir morgen an den Direktor eines großen Konzerns ausliefern werden. Ich solle das geheime Codewort in Erfahrung bringen, wenn mir mein Leben lieb sei. Und natürlich dürfe ich keinen Kontakt mit der Polizei aufnehmen.

Ich hatte furchtbare Angst, denn ich wusste ja, dass der Anrufer über Leichen geht. Was sollte ich tun?

Doch da die Polizei einen solchen Anruf vorausgesehen hatte, hatte sie mein Telefon abgehört, den Anrufer schnell geortet und verhaftet.

Ich wurde wieder ins Präsidium bestellt. Sie hofften, dass ich den Anrufer kannte.

Sie führten mich vor eine einseitig durchsichtige Scheibe. Im Nebenraum standen fünf Männer. Und einen davon kannte ich tatsächlich. Es war der Freund von meinem Chef.

Nun erfuhr ich, dass die Frau meines Chefs gar kein Entführungsopfer war. Sie hatte ein Verhältnis mit dem Freund meines Chefs und ihm von der Erfindung erzählt. Und so hatten sich die Beiden die Erpressung nur ausgedacht, um einen Tresor bei einem reichen Kunden auszurauben. Um an das Codewort zu kommen, hatten sie die Entführung vorgetäuscht.

Da mein Chef an die Entführung geglaubt hatte, hatte er sich in der Nacht nach seiner Geburtstagsfeier mit dem Erpresser getroffen. Das war wohl in

Schwerin mit dem seltsamen Mann vereinbart worden. Bei diesem Treffen sollte der Austausch zwischen seiner Frau und dem Codewort stattfinden. Doch dabei war es wohl zu einem Gerangel gekommen, bei dem mein Chef seinen Freund erkannt hatte. Darum musste er sterben.

KAMERA – PATHOLOGIE - STILLE

Inge: Zweifel

Sie trifft ihn auf einer Party bei Nachbarn. Gut sieht er aus. Er wirkt ruhig, scheint wenig gesprächig, und doch wird er immer wieder von den Gästen ins Gespräch gezogen. Sie spürt den Respekt und sie möchte sich ihn näher anschauen.

In der Runde an seinem Tisch geht es um einen Kriminalfall. Darauf scheint er wenig Lust zu haben, holt sich einen Drink und zieht weiter. Sie beobachtet ihn. Seine Art macht sie neugierig. Bei dem Gastgeber erkundigt sie sich. Viel kann der nicht sagen, jemand hat ihn mitgebracht. Angeblich sei er Arzt. Eine Praxis? Dazu könne er nichts sagen.

Ganz unauffällig sucht sie seine Nähe, findet eine Möglichkeit, ins Gespräch zu kommen. Ob er aus der Gegend sei? Ein Freund des Gastgebers vielleicht? Schließlich bestätigt sich die vorherige Aussage. Ja, er sei Arzt, erst vor ein paar Monaten hergezogen. Sie bietet sich an, ihm die Gegend zu zeigen, Kontakte zu knüpfen, und die Sache nimmt bald den gewünschten Lauf.

Weil sie berufstätig ist, kann sie ihn nur am Abend oder an den Wochenenden sehen. Auf Fragen, wie sein Tag war, kommen meist belanglose Antworten.

Seine Arbeit wird für sie auch in den nächsten Wochen wenig greifbar. Äußert sie Interesse zu sehen, wo und wie er untergekommen ist, weicht er aus. Dennoch treffen sie sich jetzt regelmäßig, er gefällt ihr immer besser.

Kurz vor der Mittagspause entdeckt sie beim Anstehen in der Post hinter sich in der Schlange Martin, einen langjährigen Freund. Weil der in letzter Zeit definitiv zu kurz kam, wartet sie auf ihn. Ein kurzes Begrüßungsritual, dann, ohne erkennbaren Zusammenhang, Martins Bemerkung: „Du gehst ja jetzt mit diesem Arzt, dem **Pathologen**.“

Im ersten Moment hört sie hinter seinen Worten nur die Verärgerung über die Zurücksetzung, dann trifft sie die Information wie ein Schlag: Blitze zucken auf vor ihren Augen, sie hört das trockene Klicken einer **Kamera**, fühlt sich umgeben von weißen Kapuzenmännern, mit Handköfferchen bewaffnet. Ihre Phantasie sieht eine Leiche auf einem Seziertisch. Das Bild lässt sie schaudern.

Ein Pathologe – sowas kennt sie aus den Krimis, in die sie beim Zappen manchmal gerät. Hängen bleibt sie höchstens, wenn die kleinwüchsige Schauspielerin sich mit dem arroganten Typen anlegt, dann kann ein Gesprächsfetzten sie für eine Weile festhalten.

Arzt hat er gesagt, eine Lüge ist das nicht, aber auch nicht die Wahrheit. In die **Stille** hinein hört sie Martin sagen: „Na dann, muss weiter, mach's gut."

Die Fragen bedrängen sie so, dass sie sich setzen muss. Will sie das, Seite an Seite mit einem, der sich täglich über Leichen beugt? Über Tote, aus deren Körpern einen die erlittene Gewalt anspringt, verunstaltet, vielleicht aufgedunsen ... Würde sie die Bilder verbannen lernen, die sich aus seiner Welt vielleicht auch in ihre drängen?

Sie kann den Schock nicht lange für sich behalten. Die korrekte Bezeichnung sei Rechtsmediziner, erfährt sie bei ihrer Nachfrage am Abend. Und ja, er untersuche ungeklärte Todesfälle, Verkehrsunfälle, den Tod nach einer OP, jetzt auch manchmal im Zusammenhang mit Corona, ja, ja, auch Ermordete.

Sie erfährt von der kürzlich erst eingerichteten Stelle am Krankenhaus. Die neue Technik habe in gereizt. Mithilfe eines 360 Grad Scanners könne eine Untersuchung an der Leiche jetzt sogar virtuell durchgeführt werden. Alte Befunde würden manchmal aufgrund neuester Erkenntnisse zu überraschenden Ergebnissen führen. Prozesse könnten nach Jahren mit verlässlichem Material neu aufgerollt, Fehlurteile korrigiert werden.

Spürt er ihren Zwiespalt?

Auch Krebskranke würden von der neuen Technik profitieren. Eine Gewebeprobe, schon bei der Entnahme untersucht, kann ohne Verzögerung in die OP münden. Wertvolle Zeit werde so gespart.

Sie versteht jetzt, weshalb er Arzt gesagt hat. Er stiefelt also nicht mit Kameramann und Köfferchen in der Gegend herum. Sie begreift den Fortschritt. Doch, ja, sagt sie, auch seine Scheu.

Unsicher bleibt sie, wie das Miteinander werden könnte. Eine ungeschönte Antwort auf ihre harmlose Frage: Wie war dein Tag? Wird sie die aushalten können? Die Stille ertragen, wenn er das Bedürfnis nach Abstand und Rückzug hat?

Und in ihre Überlegungen versunken sagt sie, wie zu sich selbst: „Ein ständiger Umgang mit dem Tod bleibt es doch."

Sonja: Wahre Bestimmung

Als die Hand vom Seziertisch hinabfiel, entdeckte er die blauen Flecken an der Innenseite des Armes. Seltsame Flecken. Der ältere Herr, der vor dem **Pathologen** lag, war gestern erst eingeliefert worden. Todesursache: Treppensturz. Die seltsamen Flecken an diesen Stellen des Körpers passten nicht dazu. Das würde er sich nachher noch näher anschauen müssen.

Er nahm die **Kamera** in die Hand. Die Bilder, die er damit machte, waren nicht nur zu Dokumentationszwecken. Durch die Linse betrachtet, wirkten diese stummen Zeugnisse mächtiger und vom Rest des Körpers abgelöst. Für sich gesehen waren sie Mahnmale und Hinweise, die stumm und anklagend auf ein Geschehen hinwiesen.

Doch die Ruhe mit der er seine Arbeit verrichten konnte, gefiel ihm. Er brauchte diese **Stille**. Als praktizierender Arzt war er nicht glücklich gewesen. Das Diktat der Pharmaindustrie und die knapp bemessene Zeit für die wirklichen Probleme der Menschen, gepaart mit dem Wissen, dass viele seiner Ratschläge niemals befolgt werden würden, hatten ihn dazu bewogen, sich den Toten zuzuwenden. In der Hoffnung, dass er hier bei seiner Arbeit genügend Zeit finden würde, um den Toten mit dem ihnen gebührenden Respekt zu begegnen.

Manchmal hatte er das Gefühl, dass ihm diese Menschen, die hier nackt vor ihm lagen, in Wirklichkeit ihre stummen Wunden präsentierten. Es war, als ob er, der letzte Betrachter ihrer Leiden, dazu erkoren wäre, diese Verletzungen zu erkennen, richtig einzuordnen und anzumahnen.

Oftmals zwar erschöpft und enttäuscht, nahm er doch täglich seine Arbeit gewissenhaft und mit großer Sorgfalt vor. Nichts sollte seinem Auge entgehen, hatte er sich geschworen. Auch wenn es für diese Menschen, die vor ihm lagen zu spät war. Dies war seine Pflicht. Der Respekt vor dem Leben und seine Überzeugung, dass alle Spuren von Gewalt dokumentiert werden müssen, gaben ihm Kraft und Zuversicht. Die Stille und Ruhe, die ihn umgab, half ihm beim Auffinden von Ungereimtheiten. In dieser Umgebung konnte er durch seinen akribischen Arbeitsstil Dinge zutage fördern, die manche ein Leben lang verschwiegen hatten.

Auch dazu diente ihm die Kamera. Die Linse gestattete ihm nicht nur eine Sicht auf das Opfer, sondern bot auch eine gewisse Distanz. Die Bilder waren nun als Beweise gesichert. Sie halfen ihm zu vergessen, ohne dass die Taten vergessen wurden.

Das war seine wirkliche Aufgabe. Das war seine wahre Bestimmung.

Ulrike: Sehnsucht

Stille – langsam durchquere ich den weißgekalkten Raum!

Es ist Nacht in der **Pathologie**. Die Hektik des Tages ist verflogen und nun schreit mich diese Stille an. Diese unfassbare, unhörbare Stille, die immer lauter wird. Kein Ton durchdringt die dicken Wände.

Als ich heute Morgen zum ersten Mal den Raum betrat, schlug mir Hektik entgegen. Telefongeklingel, Diskussionen an den vier Tischen, auf denen Leichen lagen, ein Hin- und Hergelaufe, die Türen der Kühlschränke wurden geöffnet und geschlossen, Seziertische durch den Raum geschoben. Im Hintergrund summten PCs und ein Ventilator versuchte vergeblich, den undefinierbaren, stechenden Mix verschiedener Gerüche zu beseitigen.

Und was machen die Pathologen? Sie suchen nach Spuren an den Leichen, die ihnen die Todesursache verraten. Dabei geht es nicht nur um Mord, sondern um alle ungeklärten Todesfälle. Es können auch Unfallopfer sein, wenn ein Verdacht auf Vergiftung oder den Einfluss von Drogen besteht.

Nun bin ich hier - alleine - nur der Tod ist da, er beherrscht diesen Raum. Es ist sein Raum. Ich sehe ihn nicht, aber ich spüre seine Kälte. Sein Werk liegt in den Kühlkammern. Mir ist eiskalt.

Eigentlich bin ich hierhergekommen, weil mir noch etwas fehlt, um mich auszuruhen. Doch ich habe vergessen, was es ist. Ich weiß nur, dass ich es hier finde. Und so setze ich mich auf einen Hocker und warte. Dabei lasse ich die Atmosphäre auf mich wirken. Die Stille ist so überwältigend, wie ich sie noch nie erlebt habe.

Da liegt noch meine **Kamera**, mit der ich meine erste Leiche fotografiert habe. Ja, meine erste Leiche. Auch ich bin Pathologin und möchte zur Aufklärung von Verbrechen beitragen. Ich nehme die Fotos in die Hand. Es war ein grässlicher Mord.

Ein Schauer kriecht mir über den Rücken, wenn ich an sie denke, an sie, die nur noch „Leiche" genannt wird. Sie war eine Frau gewesen, als sie noch warm war und sich bewegen konnte, noch gelebt hatte. Doch was für ein Leben. Ihr toter Körper hat mir viel erzählt. Die blauen Flecken, schlecht verheilte Knochenbrüche und die Stichwunden! Hautpartikel unter ihren Nägeln zeigten ihre Gegenwehr! Mich fröstelte. Trotzdem hatte ich die Kamera genommen, um diese Schandmale zu dokumentieren. Die Bilder sind unentbehrlich, um die Brutalität des Mörders zu beweisen.

Während ich so dasitze und grüble, spüre ich immer deutlicher die Gegenwart vom Tod, so, als ob er auch in mir wäre.

Der Tod, das Schreckgespenst der Menschen. So fern und doch so nah. Niemand will etwas mit ihm zu tun haben, auch die Pathologen nicht. Sie untersuchen ihn, lassen ihn aber nicht an sich heran. Am Abend schütteln sie ihn ab, um ins Leben zurückzukehren. Sie sind abgestumpft, sagt man. Doch nur so können sie ihre Arbeit machen. Nur so können sie helfen, Mörder zu finden, um weitere Morde zu verhindern.

Doch der Tod ist nichts Besonderes. Er steht am Ende eines jeden Lebens. Er wartet auf uns, er holt uns. Ausnahmslos. Als unheimlicher Geselle wird er dargestellt. Als Sensen- oder Knochenmann. Schauderhaft und angsteinflößend. Sollten wir uns nicht lieber mit dem Tod anfreunden als ihn fürchten? Wäre es nicht besser, ihn als liebevolle Kraft zu sehen, die uns sanft ins Jenseits trägt? Ja, das wäre besser, doch das Bild stimmt leider für viele nicht. Viele werden plötzlich und brutal aus dem Leben gerissen, durch einen Unfall, eine Krankheit oder ein Verbrechen. In der Pathologie erleben wir die grausamsten Formen seines Werkes.

Wie geht das eigentlich? Sterben. Der Übergang vom Leben in den Tod – Spürt ein Lebender schon den Tod? Und spürt ein Toter noch das Leben? Irgendwie habe ich das Gefühl, dass das geht. Meine Gedanken verfangen sich, kreisen und kommen nicht weiter. Die Stille nimmt meine Sinne gefangen und macht mein Gehirn zu einem Wattebausch. Meine Gedanken bleiben darin hängen und legen sich zur Ruhe. Machen keinen Platz für neue. So sitze ich da und warte. Wie lange noch? Ich weiß es nicht. Auf was? Ich weiß es nicht.

Irgendwann höre ich Schritte im Gang. Sie kommen näher. Die Türe öffnet sich und zwei Männer schieben einen metallenen Sarg hinein. Noch eine Leiche!

Die Männer sehen mich nicht, sie unterhalten sich über die letzte Party, bei der sie waren. Das stört. Das stört die Stille. Sie gehören hier nicht hin. Zum Glück bleiben sie nicht lange. Sie stellen den Sarg in einer Ecke ab und verschwinden. Und die Stille ist zurück.

Langsam gleite ich von meinem Hocker herunter und gehe auf den Sarg zu. Er zieht mich magisch an. Wer da wohl drin liegt?

Erinnerungen an den gestrigen Abend tauchen auf. Ich wollte nach meinem ersten Arbeitstag in der Pathologie meinem Einstand geben, doch keiner meiner neuen Kollegen hatte Zeit. Sie vertrösteten mich auf morgen, übermorgen, aufs Wochenende, auf die Weihnachtsfeier. Alles war möglich, nur nicht gestern Abend. Sie gingen alle davon aus, dass es noch ein Morgen gibt. Schade. Frustriert setzte ich mich in mein Auto und machte mich auf den Heimweg.

Angefüllt mit Gedanken fuhr ich los. Einen Tag in der Pathologie - den schüttelt man nicht so einfach ab. Die Erinnerungen begleiteten mich auf dem Heimweg.

Die Frau, die heute Morgen auf meinem Tisch lag, hatte ein schreckliches Leben hinter sich. Ich wollte nicht mehr an sie denken, wollte sie wegschieben, doch das gelang mir nicht. Die Stichverletzungen tauchten immer wieder vor meinem inneren Auge auf. Würde das nun mein Leben lang so sein? Würde ich ab jetzt jeden Tag in die tiefsten Abgründe des Lebens hinabschauen müssen? Nach den Malen suchen, die das Leben am Körper der Toten hinterlassen hat? Wollte ich wirklich, dass dieser Beruf mein Leben beherrscht? Ja, ich wollte helfen, Verbrechen aufzuklären. Doch wollte ich das Verbrechen wirklich so nahe an mich herankommen lassen? Diese Nähe machte mir plötzlich Angst. Angst vor den Nächten und ihren Träumen. Lassen mich die Toten schlafen?

Ich war so in meinen Gedanken versunken, wie man es als Autofahrer nie sein darf. Plötzlich, ein lauter Knall, und dann war ich hier in der Pathologie.

Mit jedem Schritt, dem ich dem Sarg näherkomme, desto unwiderstehlicher zieht er mich an. Dann stehe ich vor ihm und starre auf den Deckel hinab. Ich zögere. Neugierde drängt und Angst bremst. Was erwartet mich, wenn ich ihn anhebe?

Quatsch, ich bin eine Pathologin. Das ist mein Alltag. Ich muss meine Angst überwinden und meiner Neugierde nachgeben.

Schlagartig überschwemmt mich ein wohliges Gefühl. Ich muss den Sarg öffnen. Nichts kann mich mehr daran hindern. Plötzlich weiß ich, auf was ich gewartet habe!

Ich schiebe den Riegel zur Seite und hebe den Deckel ganz langsam und feierlich hoch. Gespannt schaue ich hinein. Das wunderbare Gefühl verstärkt sich, ich schwimme darin, löse mich auf und versenke mich in die Frau, die vor mir liegt. Nun bin ich zu Hause. Stille, Ruhe und Frieden. Der Tod hat mich umfangen.

GITARRE – MOTIV – SCHALTER

Inge: Der Wettbewerb

Vorspiel in der Musikschule. Zwei jugendliche Rock**gitarristen**, von den Familien aus Kostengründen zum Zweierunterricht angemeldet. Da sie gleich alt sind, werden die beiden von der Verwaltung zusammengetan. Die Entwicklung lässt bald eine gute Wahl erkennen.

Beide sind sehr eifrig und ehrgeizig. Das Zusammenspiel macht Freude. Einer motiviert dabei den anderen, sie messen sich gern miteinander. Heute erstmals nicht im Unterricht, sondern an offizieller Stelle: beim Wettbewerb „Jugend musiziert".

Über die Seitentreppe an der ersten Reihe hinauf auf die Bühne. So werden sie nacheinander vor dem geschlossenen schwarzen Vorhang stehen. Stromkabel für den Verstärker sind von hinten durch den Vorhang gezogen. Ihre Auftritte folgen unmittelbar hintereinander.

Nummer eins ist dran. Er beginnt zaghaft, fasst aber Mut. Dann der befürchtete Patzer in Takt 20. Die Mutter im Zuschauerraum seufzt. Beim Üben hat er sich doch schon einige Male über diese schnellen Akkordwechsel gehangelt. Aber jetzt, natürlich! Er verpatzt sie in der Aufregung, verhaspelt sich erneut.

Mit gesenktem Kopf geht er ab. Verdrückt sich durch eine der Seitentüren. Der Gang durch die Reihen der Zuhörer ist für ihn zu schwer.

Dann tritt der Freund auf die Bühne. Das Glück liegt jetzt in seiner Hand. Der Patzer des Freundes ängstigt. Aber er zeigt auch: Ein Konkurrent ist abgeschüttelt. Vielleicht wird es sein guter Tag. Der ersehnte Erfolg, er kann ihn erreichen. Allein auf sein Spiel kommt es jetzt an.

Die Finger laufen. Zutrauen scheint zu wachsen, er spielt wie beflügelt, nimmt mit Leichtigkeit die schlimmsten Hürden - dann Stromausfall. Ratlosigkeit. **Schalter** werden umgelegt, wieder und wieder, Stecker geprüft. Es muss das Netz sein. Bewegung hinter dem Vorhang, dann die Erklärung: Die Sicherung ist rausgesprungen.

Endlich kehrt die Verbindung zum Verstärker zurück. Die Jury lässt ohne Vorbehalt den Neubeginn zu. Aber die Luft ist raus. Sein Spiel wird langsamer, kleine Unsicherheiten werden erkennbar. Schließlich bricht er ab. Im Publikum recken sie die Köpfe. Ratlosigkeit bei seinen Unterstützern.

Sein Blick sucht den andern, den Freund. Der ist nirgends zu finden. Er steht wie angewurzelt, geht dann unsicher ab. Ein Verdacht regt sich, macht ihn irre an sich selbst. Am Freund. Neid und Missgunst als

Motiv? Dem Freund so etwas unterstellen? Undenkbar, sagt er sich, grausam, ungeheuerlich ....

Die Gedanken überschlagen sich. Wie ließe der Hergang sich aufklären? Wie könnte er jemals Klarheit gewinnen? Und das ohne den geringsten Zweifel?

Und wenn nicht? Wie klarkommen mit der Situation? Wie morgen, nächste Woche und vielleicht für sehr lange?

Sonja: Die Trennung

„Pling, pling", vorsichtig zupfte Siegfried an der Saite der **Gitarre**. Er lauschte dem Klang des Tones nach und verlor sich in Gedanken. Schwebte zurück in seine Kindheit. Er liebte die Musik. Sang zu jeder Gelegenheit und sein Musiklehrer bescheinigte ihm eine wirkliche Begabung. Niemals verpasste er ein Treffen des Schulchors, sogar im Kirchenchor sang er eine Zeitlang mit. Die Musik war sein Leben. All sein Taschengeld sparte er, um sich dann mit fünfzehn die erste Gitarre zu kaufen.

Alte Erinnerungen tauchten wieder auf, verbunden mit Gelächter, Freude und schönen Liedern. Abende mit seinen Freunden am Lagerfeuer, die Gitarre im Rucksack immer dabei. Seine „Geliebte", nannten sie damals seine Schulkameraden. Sogar den Spitznamen „Siegklingende" hatten sie erfunden.

An einem Sonntag, als er im Garten saß und spielte, war sein Vater gekommen und hatte ihm die Gitarre entrissen. „Es reicht jetzt", hörte er ihn heute noch rufen. „Konzentriere dich auf deine Schule und lerne etwas Anständiges. Musiker kommt nicht in Frage!", hatte er herrisch hinzugefügt. Danach war das Instrument verschwunden.

Eine Zeitlang hatte er versucht, seinen Vater umzustimmen, doch der ließ sich auf keine Diskussion ein. Über Musik durfte nicht mehr gesprochen werden und auch seine Mutter, obwohl traurig und anderer Meinung, konnte nichts erreichen. Ohne seine Gitarre fühlte sich Siegfried nur wie ein halber Mensch. Ihm fehlte „Siegklingende" so sehr, dass er niemals in Erwägung zog, seine geliebte Gitarre durch eine neue zu ersetzen. Das wäre ihm wie ein Verrat vorgekommen. Da er tatsächlich in der Schule einiges nachzuholen hatte, lenkte er sich mit Lernen ab. Sein Vater nahm das wohlwollend zur Kenntnis. Er lobte ihn für bessere Noten und führte es auf sein Verbot zurück, das ihn auf die richtige Bahn gelenkt hatte.

Ohne seine Gitarre fühlte sich Siegfried unvoll-ständig und irgendwann schloss er mit dem Thema Musik in seinem Leben ab. Aber seine Gitarre vergaß er nie.

Trotz vieler Versuche fand er keinen passenden Beruf für sich. Etwas, das ihm Spaß machte. Nach zwei abgebrochenen Ausbildungen zum Elektriker und Kaufmann hatte er als Kellner, auf der Baustelle und bei einer Spedition gearbeitet.

Die Jahre vergingen und damit ein Teil seines Lebens.

Eines Tages bat ihn sein gealterter und inzwischen gebrechlicher Vater, bei verschiedenen Reparaturen im Haus zu helfen. „Ich schaffe das nicht mehr allein", sagte er am Telefon. „Viele Lichtschalter sind kaputt. Du warst doch Elektriker und kennst dich damit aus." Siegfried hatte sich überreden lassen und versprochen, vorbei zu kommen.

Jetzt war er hier und versuchte seinem Vater zu helfen. Dabei hatte er sein Elternhaus schon lange nicht mehr betreten. Selbst zur Beerdigung seiner Mutter war er nur auf dem Friedhof gewesen. Mit seinem Vater hatte er damals nur ein paar belanglose Worte gewechselt.

Verärgert sah er sich die maroden **Schalter** an. Als er den an der Kellertüre abschraubte, brach dieser entzwei und er hielt zwei Hälften in der Hand. Missmutig stieg Siegfried die Treppen zum Keller hinab, um einen Ersatzschalter zu suchen.

Schönes Durcheinander hier, dachte er und schaute sich um. Auf der alten Werkbank lag kein Werkzeug mehr und auch in den Schubladen befanden sich nur unbrauchbare Dinge. Nach und nach öffnete er die

Hängeschränke und schaute hinein. Nichts. In der Ecke erblickte er weitere, verschlossene Schachteln. Siegfried durchwühlte die Kartons, doch auch hier gab es nichts Verwendbares.

Als letztes widmete er sich einer alten Truhe. Vorsichtig hob er den Deckel hoch und sah zunächst nur alte Kleider. Wie in Trance schob er diese zur Seite und wühlte darin herum. Er glaubte seinem Gefühl nicht zu trauen, als er plötzlich auf etwas stieß, das sich wie ein Draht anfühlte. Unwillkürlich zupfte er mit dem Finger daran und ein Ton erklang.

„Siegklingende", dachte er überrascht, weil er diese zarten Töne sofort erkannte. Ganz vorsichtig hob er die Gitarre heraus. Seltsamerweise hatte sein Vater das Instrument aufbewahrt. Er betrachtete sie andächtig, drehte und wendete sie in alle Richtungen. Sie sah noch genauso aus wie früher. Hatte keinen Kratzer abbekommen.

Tränen traten in seine Augen. ‚Was hätte aus uns zwei werden können?', dachte er traurig und wehmütig. Unser Leben wäre völlig anders verlaufen, hätte man uns nicht auseinandergerissen. Das **Motiv** seines Vaters hatte er nie verstanden.

Plötzlich hörte er schlurfende Schritte, die sich näherten. „Hier ist es ja ganz dunkel", rief sein Vater überrascht. Siegfried blickte nach oben. „Vorsicht, der kaputte Schalter", rief er. Doch es war zu spät. „Sssst,

sssst", drangen Geräusche an sein Ohr. Ein kurzes Stöhnen, gefolgt von einem Poltern. Dann – nichts mehr! Siegfried zuckte zusammen und atmete tief durch.

Dann nahm er „Siegklingende" liebevoll in den Arm und streichelte sie. Jetzt kann uns nichts mehr trennen.

Ulrike: Ein Leben für die Musik

„Jetzt erzählen Sie mir doch erst einmal aus Ihrem Leben", forderte der Psychotherapeut Dr. Mayer seine neue Patientin auf.

Sie dachte eine Weile nach und begann:

„Also, mit 14 Jahren bekam ich eine **Gitarre**. Es machte mir viel Spaß mit ihr zu spielen. Ich nahm Unterricht, übte stundenlang und wurde immer besser. Ich wollte Gitarristin in einer Band werden, das war mein größter Wunsch. Dafür vernachlässigte ich die Schule und ging vorzeitig ab. Was sollte ich mit einem Abitur? Ich bewarb mich auf einer Musikfachschule und wurde für eine Aufnahmeprüfung zugelassen. Die Prüfung bestand ich mit Bravour. Ich war überglücklich! Ab jetzt war mein Leben von morgens bis abends nur noch Musik. Ich lernte Menschen kennen, die die Musik genauso liebten wie ich.

Und dann kam mein erster öffentlicher Auftritt. Er war ein voller Erfolg. Auch die Presse war voll des Lobes.

Um mein Glück noch zu vergrößern, lernte ich den Leader einer erfolgreichen Band kennen. Er heuerte mich als Gitarristin an. Er war der Sänger der Band und spielte auch Gitarre. Wir verliebten uns und pushten uns gegenseitig hoch. Wir hatten einen Erfolg nach dem anderen und immer mehr Fans. Ich war im siebten Himmel. Besser kann es nicht mehr werden! dachte ich."

Bei diesen Erinnerungen strahlten ihre Augen. Sie fuhr fort: „Und dann wurde ich schwanger. Das toppte tatsächlich noch alles. Wir setzten unsere Tourneen fort und feierten weitere Erfolge. Unser kleiner Spatz war die ganze Zeit dabei. In meinem Bauch hörte er die Musik und strampelte begeistert im Takt."

Dann stockte sie und schwieg eine Weile. Ihre Gesichtszüge fielen in sich zusammen. Leise, mehr zu sich selbst, sagte sie:

„Doch ich hatte mich übernommen. Eines Morgens wachte ich auf und ein **Schalter** war in mir von Hochgefühl auf Niedergeschlagenheit umgesprungen. Bei Tag beherrschte mich eine dumpfe Traurigkeit, bei Nacht kam Angst dazu. Sie nahm mich völlig in Besitz. Sie wütete in mir, fraß mich von innen auf und ließ nichts mehr von der übrig, die ich einmal war. Ich war wie gelähmt, ich konnte nicht mehr aufstehen. Ich hatte Angst um mein Kind. Ich hatte Angst vor einem Unfall. Ich hatte Angst vor dem Versagen auf der Bühne und ausgebuht zu werden. Ich hatte Angst, vor einem leeren Saal zu spielen. Ich war nur noch Angst ...".

Dann schwieg sie.

„Wie reagierte Ihr Freund?", fragte schließlich Dr. Mayer.

„Mein Freund verstand das alles nicht. Zuerst redete er mir gut zu, drängte mich weiterzumachen und dann setzte er mich unter Druck. Doch es ging nichts mehr. Meine Ängste verdichteten sich und wurden immer stärker. Ich fiel von einem Heulkrampf in den nächsten. ... Und dann kam mein Freund nicht mehr nach Hause! Er hatte eine neue Freundin."

Nach einer kurzen Pause fuhr sie fort:

„Ich war allein, allein mit meinem kleinen Schatz im Bauch. Wenigstens er war mir noch geblieben."

Wieder schwieg sie und versank in ihre Gedanken. Ihre Augen füllten sich mit Tränen.

„Eines Nachts, als ich benommen durch die Wohnung tapste, stolperte ich und fiel die Treppe runter. Ich erlitt eine Fehlgeburt. Nun war ich ganz allein. So hoch mein Glück gewesen war, so tief war ich gefallen. Ich hatte alles verloren. Nun umgab mich nur noch Dunkelheit."

Die Tränen flossen und ließen sich nicht mehr stoppen. Dr. Mayer reichte ihr ein Taschentuch und wartete geduldig, bis sie schließlich unter Schluchzen hervorstieß: „Ich nahm Schlaftabletten und trank dazu eine Flasche Whisky. Mehr weiß ich nicht. Ich bin im Krankenhaus aufgewacht."

Dr. Mayer schwieg eine Weile und schaute seine Patientin eindringlich an. Dann fragte er: „Was **motivierte** Sie zum Gitarrespielen?"

„Das habe ich mir noch nie überlegt", antwortete sie. „Wenn ich spielte, war alles vergessen. Die Musik nahm meinen Kopf, meine Gefühle, meinen ganzen Körper in Besitz. Ich machte nicht Musik, nein, ich war Musik. Ich bin auf den Tönen durch den Raum geschwebt und habe mich in ihnen aufgelöst. Ich war bis ins Innerste beglückt!"

„Spielen Sie noch?"

„Nein, ich habe es verlernt. Nehme ich meine Gitarre in die Hand, dann kommen nur noch Misstöne heraus. Ich kann nicht mehr spielen." Lange Zeit konnte sie den Tränenfluss nicht stoppen.

Dr. Mayer überlegte: Die Gitarre ist weg, die Fans sind weg, der Mann ist weg, das Baby ist weg. Alles, was ihr Glück gebracht hatte, ist weg. Wir müssen den Schalter wieder umlegen. Doch wie?

Bei der nächsten Sitzung brachte er eine Gitarre mit und drückte sie ihr in die Hand. „Spielen Sie!", forderte er sie auf. „Ich kann doch nicht!", wehrte sie ab. Doch er drängte sie, es noch einmal zu versuchen und sie begann zu klimpern. Schiefe Töne erklangen, und die Patientin wollte das Instrument frustriert zur Seite legen. Doch Dr. Mayer meinte: „Heute machen wir nur Musik." Er holte eine zweite Gitarre und sie spielten zusammen.

Ganz langsam wurde es besser. Im Laufe der Zeit wurden die anfänglichen Dissonanzen zu Harmonien. Und dann wollten sie gar nicht mehr aufhören mit dem Spielen.

Der Schalter war zurückgesprungen.

DOMINO – HUND – OHREN

Sonja: Das Versteck

Völlig entkräftet kam Eduardo an seiner Hütte an. Hier würde er sich erst einmal vor seinen Verfolgern verkriechen können. Ein paar Lebensmittel und die nötigsten Dinge, wie Streichhölzer, Kerzen, ein wenig Geschirr und Töpfe, nebst einem alten Drucker, lagerten hier. „Für alle Fälle", wie er immer sagte. Nur gut, dass dieses Domizil so versteckt lag.

Nachdem er sich eine Weile ausgeruht hatte, durchsuchte er die Schubladen. Mit irgendetwas musste er sich die nächsten Tage ablenken. Vor allem aber würde er seinen **Hund** vermissen, das wurde ihm schmerzlich bewusst. Da entdeckte er das **Domino** Spiel, das er schon seit seiner Kindheit besaß. Er nahm die Schachtel heraus und drehte sie in seinen Händen. Sie erinnerte ihn an glückliche Tage. Unbeschwerte Tage. Und daran, dass er meistens gewonnen hatte. Damals hatte er noch nicht gewusst, was Angst bedeutet.

Eduardo setzte sich an den Tisch und holte die Steine heraus. Damit würde er sich die Zeit vertreiben und dumme Gedanken verjagen. Gedanken, an seine Verfolger. Und an deren Wut, die er nur zu gut verstehen konnte.

Schließlich hatten sie vereinbart, dass sie die Beute teilen würden. Doch als er nach dem Überfall ganz kurz mit der Tasche allein im Auto saß, war es mit ihm durchgegangen. Mit Vollgas war er davongerast. Im Rückspiegel sah er, wie seine Freunde wütende Drohgebärden in die Luft zeichneten. Und er konnte sich ausrechnen, dass dies keine leeren Gesten waren. Doch dieser letzte Beutezug war wie ein Hauptgewinn für ihn.

Jetzt musste er nur einen guten Plan schmieden. Ein bis zwei Tage konnte er noch hierbleiben, aber dann musste er verschwinden, denn sie würden ihn finden. Da war er sich ganz sicher.

Gedankenverloren hatte er die Dominosteine wieder einsortiert, als er etwas zu hören glaubte. Aufgeschreckt setzte Eduardo sich hin und lauschte angestrengt in die Stille. Tatsächlich. Zweige knackten, dann das Geräusch von Schritten und leise, tuschelnde Stimmen. Verdammt, er hatte die Türe nicht abgeschlossen.

Mit einem Schlag wurde sie jetzt aufgestoßen. Ruckartig wendete er den Kopf und blickte in zwei bekannte, hasserfüllte Augen, die sich sofort zu Schlitzen verengten. Dann sah er in den Lauf eines Gewehres. Er wusste, es würde nichts zu erklären geben. Reflexartig riss er das Dominospiel vor seine

Brust, als auch schon ein schrecklicher Knall in seinen **Ohren** dröhnte.

Die Wucht des Schusses traf ihn hart und er kippte mit seinem Stuhl nach hinten.

„Bist du verrückt geworden", schrie der eine wütend. „Du hast ihn umgebracht!"

„Na und, das hat er verdient. Lass uns lieber die Hütte durchsuchen, die Beute muss hier irgendwo sein", entgegnete der Schießwütige mit ärgerlicher Stimme.

Mit ungeheurem Eifer rannten die beiden hin und her, rissen Schubladen auf und schmissen alles auf den Boden.

„Das gibt's doch nicht", sagte der erste, „die Tasche mit dem Geld muss doch hier sein. Die kann sich schließlich nicht in Luft aufgelöst haben."

Wütend standen sie da und starrten einander an. „Weiter", drängte der erste: „Wir haben alles durchsucht", sagte der andere, „bis auf ...". Er stockte und ging auf den Kachelofen zu. Ruckartig riss er die Ofentüren auf. Lachte gehässig. „Dieser Spinner! Hat wohl gedacht, er könnte uns austricksen!"

Einer schnappte die Tasche und der andere konnte es nicht lassen, den am Boden liegenden Eduardo beim Hinausgehen gegen das Bein zu treten. „Hör auf! Wir müssen hier verschwinden! Wir haben, was wir wollen!"

Eduardo konnte sich zuerst nicht bewegen. Angestrengt versuchte er die Augen zu öffnen. Tatsächlich, sie schienen weg zu sein. Ich bin ja gar nicht tot. Komisch, eigentlich kann ich mir das gar nicht erklären, dachte er bei sich und kratzte sich an der Stirn. Die Hütte war leer. Der Verletzte setzte sich auf und rieb sich das Bein, welches von dem Tritt höllisch schmerzte.

Dann griff er sich an die Brust. Dorthin, wo ihn der Schuss getroffen hatte. Kein Blut. Nichts. Er blickte um sich und sah die Dominosteine, die beim Sturz aus der Schachtel herausgefallen waren. Er griff nach dem Stein, der direkt neben seinem Bein lag und hob ihn auf. Betrachtete dessen seltsame Form. In der Mitte steckte ein Projektil. „Ich glaub es nicht", rief er und kicherte. „Mein Dominostein hat mir das Leben gerettet."

Dann erhob er sich umständlich und humpelte zum Kachelofen. Die Ofentür war nur angelehnt. Schaute hinein. Die Tasche war verschwunden.

Mit schnellen Schritten ging Eduardo zum Drucker, der ihm so gute Dienste geleistet hatte, strich ihm liebevoll über die Klappe und öffnete sie. Dann holte er die Bündel heraus und drehte sie verzückt hin und her. Jetzt aber weg hier, bevor die Idioten merken, dass ich ihnen Falschgeld angedreht habe.

Ulrike: Die Überraschung

Ich sitze schon eine ganze Weile im Café Frühling und lese. Ich liebe es, in einem Café auf einer Polsterbank zu sitzen und mich in ein Buch zu vertiefen. Die Geräusche werden zu einem beruhigenden Gemurmel. Neben mir eine gute Tasse Kaffee, vielleicht auch ein Stück Kuchen? Das habe ich schon immer genossen.

Doch irgendetwas ist heute komisch. Ich ahne es mehr, als dass ich es wahrnehme. Irgendein Geräusch habe ich in den **Ohren**. Ganz leise nur, so als ob ich es mir einbilden würde. Doch ich höre es immer wieder.

Irgendwann lässt mir das keine Ruhe mehr. Vor allem, nachdem ich das Gefühl hatte, dass mich etwas an meinem Bein streifte. Also schaue ich zuerst unter den Tisch. Nichts! Dann beuge ich mich tiefer und schaue unter die Bank - und schrecke zurück. Zwei große, runde Augen blicken mich an! Das kann doch nicht wahr sein! Was ist unter meinem Sitzplatz? Schnell rücke ich zur Seite.

Dabei habe ich wohl aufgeschrien. Auf jeden Fall kommt die Bedienung und fragt mich, ob ich etwas bräuchte. „Nein, danke, aber da ist was unter der Bank!", sage ich verunsichert.

„Wie kommen Sie denn darauf? Was soll denn da drunter sein?"

„Ich weiß nicht, aber ich hab' was gehört und als ich unter die Bank schaute, habe ich zwei Augen gesehen!"

„Das kann nicht sein", sagte die Bedienung und hielt mich wohl für verrückt.

Hier bleibe ich nicht sitzen! Ich wechsle den Tisch.

Von meinem neuen Platz aus beobachte ich den alten. Nichts passiert. Da habe ich mir wohl wirklich etwas eingebildet. Ich tauche wieder in mein Buch ein.

Nach einer Weile schreckt mich ein Schrei hoch. Eine Frau steht neben der Bank, auf der ich gesessen hatte, kreidebleich und zeigt erschrocken unter sie.

„Da ist was!", sagt sie mit ängstlicher Stimme.

Also doch! denke ich triumphierend. Ich hatte also doch recht.

Der Inhaber des Lokals kommt und schaut unter die Bank. Dann lacht er laut auf und ruft erleichtert: „Da ist ja unser **Domino**!" Er zieht einen völlig verschüchterten kleinen, schwarzen **Hund** mit weißen Flecken hervor.

BOUQUET – KAKTUS – TEPPICH

Inge: Der Angeber

Klaus war 16, erst 16, und das ärgerte ihn maßlos. Schon allgemein ist es schwierig 16 zu sein. Immer sind andere cooler, klüger, dürfen dahin und dorthin. Es kommt einem vor, als ziehe das Leben an einem vorbei.

In der Familie von Klaus waren Sprachen wichtig. Seit Wochen waren sie ein neuer Grund für die Rivalität der Brüder. Der Vater und Klaus waren Lateiner.

Der Bruder, knapp 22, studierte seit einem Semester an der nahegelegenen Uni. Ausgerechnet Französisch hatte er als Fach gewählt und jetzt traktierte er alle, aber ganz besonders Klaus, mit seinen neuen Weisheiten.

Quarantäne war das erste Wort gewesen, an dem der frischgebackene Student sein Mütchen gekühlt hatte. Wie gesagt: Klaus war mit Latein auf-gewachsen, mit Quintus Tullius Cicero und *quamquam* und *quod erat demonstrandum* und redete deswegen von *Kwarantäne* und nicht von *Karantäne*. Das forderte den Bruder zu Lachorgien heraus und gab schließlich die Gelegenheit zu einer Reihe von Prüfungen in Sachen Aussprache französischer Begriffe. Das Wort *Braille*, die Blindenschrift, hatte sowohl von der Aussprache als auch vom Sachverhalt dazu einiges an Herausforderungen zu bieten.

Weitere Stolperfallen brachte das Studentlein zum Einsatz: *Bidet*, *Bouillon*, *Femme*, *Sans Soucis* und *Grenadier* und dann noch *Georgette*, ein dem *Chiffon* vergleichbares Gewebe. Fragen für einen Jungen mit 16, das muss man sich mal vorstellen!!!

Bei ***Bouquet*** wollte Klaus die Sache für sich entscheiden, denn Bukett kannte er und wie mit den Buchstaben ‚*Qu*' zu verfahren war, hatte er inzwischen begriffen. Vor drei Wochen war eine liebe Nachbarin gestorben und die Eltern hatten für die Beerdigung ein Bukett bestellt. Der ekelhafte Bruder aber bestand darauf, dass es ‚*Bukä*' hieß. Dabei handele es sich um die Geschmacksnoten, die sich beim Weingenuss im sogenannten Abgang im Mund entfalteten, wie er weitschweifig ausführte.

Er konnte bei der Prüfung aber auch mit dem aus dem Französischen eingedeutschten Ausdruck beginnen. Dann sollte Klaus sagen, aus exakt welcher französischen Formulierung das süddeutsche Wort *Portmonee* stammte oder was sich hinter dem seltsamen Ausdruck *Fisimatenten* verbarg. Bei letzterem behauptete der Bruder, es handle sich um die verballhornte Eindeutschung des französischen Ausdrucks „*visite ma tente*!" Damit habe ein in Deutschland stationierter Soldat eine Schöne eingeladen, sein Zelt zu besuchen. Alle Welt kenne heute schließlich das Wort Visite.

Von da an machte sich Klaus aus dem Staub, wann immer der Bruder auftauchte. Dabei warf er die Tür zu seinem Jugendzimmer mit einem solchen Schwung zu, dass noch die Säulen**kakteen** auf der Fensterbank erzitterten.

Schließlich *enervierte* die allwöchentliche *Malaise* im Haus den Vater derart, dass der sich den Erstgeborenen mit seinem neu aufgeblühten *Esprit* zur Brust nehmen wollte. „Junge, rester sur le tapis!", rief er, was so viel heißt wie: Bleib auf dem **Teppich**. Die Aktion brachte ihm allerdings nur Lachsalven ein. Der pfiffige Vater hatte sich zwar den Pons zu Hilfe genommen, aber fälschlicherweise jeden einzelnen Buchstaben ausgesprochen, wie es ein Lateiner macht.

Sonja: Erinnerungen

Versonnen stand Sylvia vor ihrem Elternhaus und wartete auf ihre Schwester Ella. Sie war das erste Mal seit dem Tode ihres Vaters hier, um nach dem elterlichen Haus zu sehen.

Seit sie sich erinnern konnte, wackelte eine Stufe von der Treppe, die zum Haus hoch führte. Seltsam, heute verband sie damit ein vertrautes, angenehmes

Gefühl, das sie an ihre Kindheit erinnerte. Doch das war schlagartig weit weg, als ihr bewusst wurde, dass im Haus niemand mehr auf sie warten würde. Vorsichtig stieg sie die Stufen hinauf.

Sie schloss die Türe auf und betrat den Eingangsbereich. Der **Teppich** lag schon da, als sie noch zur Schule ging. Es war komisch, das Haus zu betreten, in dem ihr Vater vor kurzem noch gewohnt hatte. Alles stand an seinem Platz, als ob er nur zum Einkaufen gefahren wäre. Doch dieses Mal würde er nicht zurückkehren.

Seufzend sah sie sich um. Jetzt galt es das Haus auszuräumen. Jedes Blatt und alle Gegenstände in die Hand zu nehmen. Das würde eine Menge Arbeit geben. Bis jetzt war ihr das nicht so richtig klar gewesen. Sie betrat das Wohnzimmer, zog die Jalousien hoch und blickte in den Garten. Im Rondell blühten Narzissen und Stiefmütterchen in allen Farben mit den Gänseblümchen auf der Wiese um die Wette. Vater hätte sich gefreut bei dem Anblick, dachte sie versonnen. Da hörte sie ein Knacken.

„Hallo", rief ihre Schwester Ella, die gerade hereinkam. „Meine Güte! Wie sieht denn der Garten aus? Da muss aber ganz dringend gemäht werden." Seltsam, wie unterschiedlich wir die Dinge sehen, wunderte sich Sylvia. Laut jedoch antwortete sie: „Ich finde es schön", wohlwissend, dass dies ihrer Schwester nicht gefallen würde.

„Das dachte ich mir", konterte Ella „du Romantikerin. Lass uns lieber anfangen, sonst werden wir hier nie fertig." Gemeinsam gingen sie durchs Haus.

Im oberen Stockwerk blickten sie betreten in ihr ehemaliges Kinderzimmer. Alles stand noch da wie einst, als würde es auf sie warten. „Das wird nicht einfach", seufzte Sylvia und atmete tief durch.

Sie durchforsteten alle Räume, als ob sie das erste Mal hier wären, bis sie am Schluss im Keller landeten. Der war vollgestopft mit allem möglichen Krimskrams, der von einem langen Leben zeugte. „Das gibt's doch nicht!", rief ihre Schwester und hielt etwas in die Höhe. „Schau mal, das alte Kleid meiner Lieblingspuppe." Aufgeregt durchsuchte sie die Schubladen und schaute in die Kartons. „Vielleicht finde ich sogar noch meine Puppe."

Sie durchstöberten eine Weile den Keller, bis Sylvia bemerkte, dass es bereits dämmerte. „Lass uns aufhören", meinte sie und legte Ella die Hand auf die Schulter. „Für das alles werden wir sicher eine Weile brauchen."

„Das ist ja unglaublich, was sich hier alles angesammelt hat", meinte Ella, als sie kurz darauf im Wohnzimmer saßen. Entmutigt starrten sie wieder in den Garten. „Wo sollen wir nur anfangen?" „Das weiß ich auch nicht", entgegnete Sylvia kleinlaut, „wir müssen uns einfach durchkämpfen." Dabei blickte sie kraftlos auf den kleinen **Kaktus,** der einsam am Fenster stand, wo er vermutlich schon viele Jahre sein Dasein gefristet hatte.

Was sollten sie mit all den gefühlt tausend Dingen, die sich hier im Haus befanden, machen? Was behalten und was nicht?

„Wer braucht denn so etwas?", fragte Ella und hielt ihrer Schwester ein buntes **Bouquet** aus getrockneten Blumen unter die Nase? Konsterniert sah Sylvia ihre Schwester an: „Ja, wer braucht schon so etwas?"

Was von all den Dingen sollte man entsorgen? Und was würde man später vermissen? Schließlich hatte es einmal ihren Eltern gehört.

Sylvia atmete tief durch. Für diese Entscheidungen würde sie all ihre Kraft brauchen.

DREHBUCH - FRÜHLING - LAPTOP

Inge: Harte Brocken

Das Drehbuch für meinen Acker war schon geschrieben, bevor ich mich das allererste Mal daran machte, den neuen Spaten in die Erde zu drücken. Den hinreißenden Film über mein künftiges Paradies hatte ich bereits fertig im Kopf. Im Vorspann dazu saß ich auf der Gartenbank unter dem Quittenbäumchen, aus dem schon golden die Früchte leuchteten.

Im weiteren Verlauf des Films würde der Blick über meinen prächtigen Staudengarten schweifen. Danach käme ein Schwenk auf das üppige Krautland. Dass bald alles so sein würde, daran gab es für mich keinen Zweifel.

Im Oktober 2019 hatte ich den Vertrag geschlossen. Vor meinem Gartenglück lag nur noch der Winter. Jede Woche wurde mein Traum farbiger. Die Bilder dazu lieferten die vielen Gartenzeitschriften und der **Laptop**.

Im Katalog suchte ich die ersten Pflanzen aus. Im Frühjahr würden Winterlinge in ihrem sonnigen Gelb erstrahlen, Osterglocken und Tulpen würden folgen, dann eine Art Wolfsmilch, die mit den wonnigen, roten Pünktchen mitten in dem hellgrünen Blattwerk. Mit Bartnelken, Pfingstrosen und Phlox wäre das

Ensemble komplett. Eine Orgie aus tiefem Rot, Orange und Ocker schwebte mir für den herbstlichen Garten vor, so hatte ich das in meinem **Drehbuch** vorgesehen. Endlich sollte es an die Arbeit gehen.

Der Weg in die Realität war schmerzlich: Der echte Garten wollte dem Skript im Kopf nicht folgen: Die Erstbegehung zeigte den „Garten" in einem niederschmetternden Zustand. So viele Steine hatte ich bei Vertragsabschluss nicht registriert, und der im Herbst umgebrochene Boden war über die Wintermonate keineswegs unkrautfrei geblieben, sondern wieder dicht gesprenkelt und hart. Ich würde Arbeit hineinstecken müssen, das war mir klar.

Wie viel Arbeit es sein würde, begriff ich allerdings erst Monate später. Steine und unerwünschtes Beikraut hatten die Eigenschaft scheinbar über Nacht nachzuwachsen. Der Spaten gab einen metallischen Klang von sich, wo immer ich zu graben versuchte. Noch Ende April kümmerten die bestellten Gewächse hinter dem Haus vor sich hin. An ein schnelles Einpflanzen war nicht zu denken. Ich schickte den teuren, aber untauglichen Spaten in den Ruhestand und erwarb kostengünstig eine Grabgabel. Die Verzögerung war ärgerlich gewesen, aber jetzt sollte bald alles wachsen und gedeihen.

Die Setzlinge zeigten leider wenig Talent für die ihnen zugedachten Rollen. Sie hatten kaum Stehvermögen, welkten auch im Boden weiter vor sich hin. Nicht ein Pflänzchen hatte Ausstrahlung, keines lief zur erhofften Form auf. Viele waren bockig, fanden sich am Set nur schwer zurecht. Beide (!) Spieren machten sich sogar komplett vom Acker. Läuse und Ameisen, erbärmliche Statisten, übernahmen eigenmächtig das Feld. Ich durchlitt eine lange Phase der Verzweiflung, auch weil Frühjahr und Sommer heiß waren und der Zugang zum Wasser aus dem nahen Bach nicht ungefährlich für mich, eine 70jährige. Die Produktion kam dennoch in die Gänge und die Ernte fiel unerwartet reich aus. Daher fasste ich die Wiederaufnahme der Arbeit für den kommenden **Frühling** ins Auge.

Aber nach dem Winter 20/21 waren die Anlaufschwierigkeiten erneut riesig. Wegen dem nassen Wetter im März und April erlahmte meine Hoffnung auf Erfolg. Der schöne Elan verflog und die alte Plackerei zog drohend auf am Horizont. Bis auf wenige Tage verhielt sich der Acker unspektakulär, ja fast abweisend. Dennoch sollten die zarten Ansätze zumindest noch eine Weile gehegt und gepflegt werden. Im zweiten Jahr stand der Ertrag in keinem Verhältnis zum Aufwand. Wie zum Ausgleich überraschte mich das im Vorjahr gesetzte Quittenbäumchen mit drei Früchten.

2022, im dritten Jahr, hatte ich im Frühjahr eine Woche Andalusien gebucht. Eine schlechte Entscheidung, wie sich herausstellen sollte. Der Süden sparte Ende März nicht mit Kälte und Regenschauern, während die in der Heimat Gebliebenen die Sonne verwöhnte. Als der Acker endlich ‚betriebsbereit' dalag, war ich zwei bis drei Wochen im Hintertreffen. Und als die Jungpflanzen schließlich Größe zeigten, setzte die Trockenheit ein. Von den vielversprechenden Ansätzen blieb nach einer wochenlang anhaltenden Dürre nur Gestrüpp. Auch der heftig einsetzende Dauerherbstregen konnte den Hitzeschaden der Bohnen nicht ausmerzen. Der Fenchel, mein Lieblingsgemüse, war reif für den Kompost, da knochenhart und völlig blutleer. Ich trauerte sehr, zumal in diesem Jahr alle 12 Pflänzchen angegangen waren und die Fenchelproduktion im Frühbeet des Nachbarn von saftigem Kraut nur so strotzte. Kein Wunder, hatte der doch seinen Wasseranschluss einen Steinwurf entfernt an der Hauswand.

Dieses eine Jahr noch, sage ich mir jedes Jahr von neuem, überliste damit Müdigkeit und Mutlosigkeit, und wenn die ersten Pflanzen auf ihren Plätzen auftauchen, wächst mit ihnen wieder eine vorsichtige Hoffnung auf Erfolg.

Für all die Kümmernisse entschädigt mich aber standhaft mein Quittenbaum: zauberhafte weiße

Blüten im Frühjahr, pralle, gelbe Früchte im Herbst und Quittenmarmelade im Winter.

Eins hat mein Garten mich über die Jahre gelehrt: ALLES WACHSEN BRAUCHT GEDULD.

Dieser Schatz, so hoffe ich, nährt mich auch zukünftig bei der Arbeit auf so manch anderem steinigen Acker.

Sonja: Der Rückzug

Raoul zog die Jalousien hoch und blickte in seinen Garten. Dieser Anblick jeden Morgen gab ihm Kraft und Zuversicht. Vor seinem Fenster hing der Ast der Felsenbirne, die in diesem **Frühling** wieder kräftig blühte. Daneben das strahlende Weiß der Spieren, von denen er einige kräftige, gesunde Sträucher stehen hatte. Er öffnete das Fenster und machte ein paar Yogaübungen, danach streckte und dehnte er sich ausgiebig. Dabei atmete er lange tief ein und aus und genoss ganz bewusst den Duft der Pflanzen, die ihn umgaben.

Es war gut, dass er sich hierher zurückgezogen hatte. Sein bisheriges hektisches Leben ohne Fokus auf die wirklichen Werte, wie Ruhe und Besonnenheit, hatte ihn an den Rand der Erschöpfung geführt. Die tägliche Überforderung, die er sich einfach nicht eingestehen wollte, war ihm tatsächlich schon lange über den Kopf gewachsen. Nur durch eisernen Willen und harte Selbstdisziplin war es ihm gelungen, immer weiterzumachen. Bis zu dem Tag, der alles veränderte und ihn hierhergeführt hatte. Es war das einzig Richtige gewesen, auch wenn ihn seine Freunde nicht verstanden. Selbst seine damalige Partnerin, mit der er sich gute Chancen auf eine längere Beziehung erhofft hatte, hatte sich geweigert mit ihm hierher, bis ans Ende der Welt zu ziehen. Hier konnte er zur Ruhe kommen und schreiben.

Das Ende der Welt war dieses kleine Dorf in der Bretagne tatsächlich. Wenn er mittags die Dorfstraße, die Rue des Fleurs, hinabging, kam er zu dem winzigen Hafen. Dort saß er meist bis zum Abend auf der Kaimauer und blickte in ein Blau, soweit das Auge reichte. Mehr brauchte er nicht. Manchmal wünschte Raoul sich, er hätte das früher erkannt.

Vorsichtig schloss er das Fenster und drehte sich um. Gemächlichen Schrittes ging er zu seinem **Laptop** und klappte ihn auf. Es war an der Zeit, am **Drehbuch** seines Lebens weiterzuschreiben.

Ulrike: Schneegriesel

März. Der erste **Frühling**smonat! Endlich! Der Bauer spannt seine Rösslein an, die Bäume schlagen aus und es blüht und singt im Märzenwald.

Papperlapapp! Ich sitze in Decken eingehüllt an meinem Schreibtisch und hämmere mein neues **Drehbuch** in den **Laptop**. Dabei würde ich so gerne auf der Terrasse schreiben. Doch Schneegriesel fällt vom Himmel. So kommt mir auch mein Hirn vor. Lauter Schneegriesel, keine klaren Gedanken. Nur vereinzelte Pixel hüpfen darin herum. Dabei soll das Drehbuch in drei Wochen fertig sein!

Ach ja, ich muss mich ja noch vorstellen:

Ich schreibe Drehbücher für eine Krimiserie im ZDF: Soku Heidelberg. Da darf es keine Verzögerungen geben. Jeden Donnerstag läuft eine neue Episode. Wir sind drei Drehbuchautoren, die abwechselnd für die neuen Geschichten zuständig sind. Meine Folge wird im Mai ausgestrahlt. Doch vorher müssen die Schauspieler noch ihre Rolle lernen und muss der Film gedreht werden.

Ich bin also unter Zeitdruck. Und so gerate ich in Panik, denn ich habe zwar schon ein paar Seiten geschrieben, doch erstens reicht das nicht und zweitens gefällt es mir nicht. Und wie soll die Story überhaupt enden?

Ich rufe einen Freund aus dem Genre an und frage ihn um Rat. „Weißt du," meint er, „Schneegriesel passt nicht in den Mai. Hol die Sonne in dein Hirn. Lass sie leuchten, von innen nach außen. Dann fällt dir schon was ein!"

Toller Tipp! Wie soll ich den denn umsetzen? Ich lösche alles und beginne von vorne.

Frühling – die Tage werden länger – das stimmt – die Temperatur steigt – das stimmt nicht immer, gehört aber zum Klischee. Also wird es auch in meinem Drehbuch wärmer.

Eine Jugendgang genießt die laue Nacht und lässt sich volllaufen. Die Jugendlichen werden übermütig. Einer von ihnen steigt auf das Geländer der Neckarbrücke, balanciert darauf herum und stürzt in den Fluss, der reißend ist, weil er Hochwasser hat. Am nächsten Morgen wird seine ans Ufer geschwemmte Leiche gefunden. Der Fundort liegt an einem Waldrand. Der Wald ist maiengrün gefärbt, weiße Buschwindröschen und gelbes Scharbockskraut bedecken den Waldboden im Hintergrund. Quatsch. Die blühen ja im März. Den haben wir jetzt, doch der Film spielt ja im Mai. Egal, das merkt sowieso niemand.

Die Mordkommission und der Pathologe sind bereits da. Die interessieren sich nur für die Leiche und nicht für die Blümchen im Hintergrund. Sie überlegen, ob der Jugendliche gestoßen wurde. Und wenn ja, ob das Absicht war oder ein Versehen. Im weiteren Verlauf des Filmes versuchen die Ermittler herauszufinden, wer ein Motiv für einen Mord gehabt haben könnte.

Nach zwei Wochen bin ich mit dem Drehbuch fast fertig. Nur noch das Ende aufschreiben, das ich bereits im Kopf habe. Doch was ist das? Mein Laptop spinnt. Er tut so, als hätte er die Story gelöscht. Ich gerate in Panik! Mein Kollege, der für dieses Problem zuständig ist, ist gerade im Urlaub, und sein Ersatz hat Corona. Was soll ich jetzt tun?

Ich rufe einen Bekannten an, der sich gut mit IT auskennt. Vielleicht kann er mir helfen. Er kommt auch gleich vorbei und stellt fest, dass ich mir einen Virus eingefangen habe. „Dein Laptop hat Covid", scherzt er. Der hat gut lachen. Mir ist mulmig zumute. Wie soll ich in der kurzen Zeit, die ich noch habe, die Geschichte noch einmal schreiben? Natürlich habe ich den Verlauf im Kopf, aber die ganzen Dialoge? Und die ganzen Regieanweisungen? Das wäre Horror!

Aufgeregt warte ich darauf, dass mir mein Bekannter sagt, dass er das Problem gelöst habe. Doch das dauert. Ich mache uns einen Kaffee und warte. Vor lauter Aufregung fällt mir nichts ein, was ich sonst tun könnte.

„Ich hab's", ruft er nach mehr als zwei Stunden. Er reicht mir eine Rechnung über fast 300 Euro und verabschiedet sich. Erleichtert gehe ich zu meinem Laptop und öffne das Drehbuch.

Regieanweisung: „Schneegriesel fällt vom Himmel. Menschen sind in ihre dicken Mäntel eingepackt und laufen durch die Hauptstraße. ...". Das ist doch die Geschichte vom Februar!

KARTOFFELN – SCHIFFBRUCH – SONNENUNTERGANG

Inge: Du bist, was du isst

Hast du schon gehört? Klaus hat jetzt doch in der letzten Runde noch **Schiffbruch** erlitten.

Wie Schiffbruch? Hat der denn ein Boot? Glaub ich nicht. Das hätte ich doch mitgekriegt als Nachbar!

Das ist doch bloß so'n Ausdruck. Nee, der hat beim Kochkurs in der letzten Challenge versagt. Das **Kartoffel**gratin hat der doch tatsächlich nicht hingekriegt.

Waren die Dinger noch hart oder was?

Glaub ich eher nicht. Irgendwas von der Sahne hat er geschwafelt. Geronnen vielleicht oder zu wenig. Ach, keine Ahnung. Der hat so rumgedruckst, wollte nicht so recht mit der Sprache raus. Is' ja auch peinlich, bei den großen Tönen, die er sonst über seine Kochkunst spuckt. Jedenfalls ist der wohl schon beim zweiten Gericht durchgefallen.

Sag bloß. Und dann, aus und vorbei? Keine Chance mehr?

Doch schon. Das Fleisch war glaub ziemlich ok. Die Vorspeise scheints auch. Die volle Punktzahl war halt futsch.

So'n Pech aber auch. Der ist doch so ehrgeizig. Wenn nicht alles perfekt ist, kriegt der ne Krise.

Weiß ich doch. Stell dir vor. Beim Metzger neulich, war der vor mir. Das erlebst du nicht! Wie der die Verkäuferin gelöchert hat! Wo kommt das Fleisch her? Ist das auch w i r k l i c h Schulter? Sieht mir ein bisschen trocken aus. Mir ist das nicht marmoriert genug. Bitte doch das andere Stück. Ist für ne Einladung, wissen Sie. Und noch drei Rouladen, für mich, wie immer nicht so dick. Geht's noch dünner? Kann ich nochmal sehen ...?

Das muss einen doch komplett wahnsinnig machen.

Du sagst es. Kommt aber noch besser. Wir waren vergangenen Donnerstag zu seinem Geburtstag eingeladen. Auf 18 Uhr. Da denkt doch jeder an ein Abendessen.

Und dann? Gab's etwa nix?

Doch, es gab schon was, aber nix Warmes, dabei hab' ich vorher noch gedacht, jetzt legt der sich so richtig ins Zeug wegen der Schlappe, du weißt schon. Um neun hat der dann Schnittchen dahergebracht. Schnittchen!!! Puterrot ist der mit denen aus der Küche gekommen. P-u-t-e-r-rot! Ein Gesicht wie Weltuntergang, sag ich dir – nee, noch besser, wie **Sonnenuntergang**.

Hey, so poetisch. Du bist aber gut drauf heut. Ist ihm etwa die Suppe angebrannt?

Nee, du! Das war vielleicht ein Spektakel! Das Fett hat in der Pfanne Feuer gefangen. Ein Gestank war das in der Wohnung. Wir sind dann schon kurz nach 10 gegangen. Wär' eh kein Vergnügen mehr geworden mit dem.

Sonja: Freundschaft

Emanuel war neu in der Klasse. Sofort war ihm das blonde Mädchen aufgefallen und er hoffte, den leeren Platz neben ihr zu ergattern. Doch der Lehrer verwies ihn auf die vorletzte Reihe. Immerhin hatte er sie jetzt vor sich und konnte auf ihr langes, welliges Haar schauen.

Als Emanuel an diesem ersten Tag pfeifend und mit einem Strahlen im Gesicht nach Hause kam, zog seine Mutter überrascht die Augenbrauen hoch. „Wie war dein Tag?", fragte sie. Emanuel zuckte mit den Schultern und rannte die Treppe hoch. „Ganz gut." Er würde seinen Eltern nicht den Gefallen tun und ihnen das Gefühl geben, dass er sich schon richtig wohl fühlte. Sie waren in seiner Schulzeit bereits zweimal umgezogen und er hatte immer wieder von vorne anfangen müssen.

In den nächsten Tagen beobachtete er unauffällig, mit wem Jolanda sich unterhielt und wer ihre Freunde waren. Einmal war er sogar in den Bus eingestiegen, mit dem sie nach Hause fuhr. Dort stieg er ebenfalls aus, beobachtete, in welches Haus sie ging, und lief dann heim. Doch er hatte die Strecke und das Wetter unterschätzt. Durchgefroren und völlig durchnässt kam er zwei Stunden später an. Seine Mutter musterte ihn nachdenklich, sagte jedoch nichts.

Nachts lag Emanuel wach und überlegte, wie er Jolanda besser kennenlernen konnte. In der Pause versuchte er immer wieder sich ihr zu nähern, doch sie war ständig von Freundinnen umringt. Nach der Schule fuhr sie stets direkt nach Hause. Er konnte sie unmöglich irgendwo abpassen. Er wollte auf keinen Fall einen Korb bekommen.

Als die Sommerferien begannen, war er traurig darüber, dass er Jolanda sechs Wochen nicht mehr sehen würde.

Emanuel sollte in den Ferien seinen Eltern bei der **Kartoffel**ernte helfen. Kartoffeln ausgraben, sauber machen und in den Sack stecken. Dazu hatte er überhaupt keine Lust. Doch seine Eltern waren der Meinung, das würde ihm guttun und ließen keine Ausreden gelten. Widerwillig ging er mit.

Als Emanuel missmutig wieder ein paar Kartoffeln aufhob, sah er Jolanda mit dem Fahrrad vorbeifahren. Er ließ die Kartoffeln fallen und winkte aufgeregt. Er hielt inne und dachte kurz, dass sie ihn vielleicht auslachen würde. Doch dann war ihm das egal.

Hauptsache sie sah ihn. Tatsächlich, sie stoppte.

Emanuel rannte hin und überlegte dabei, was er zu ihr sagen sollte. Doch Jolanda kam ihm zuvor. „Hallo!", rief sie ihm entgegen. „Was machst du da?" „Kartoffeln ernten. Meine Eltern haben mich dazu verdonnert", sagte er und sah sie neugierig an. Dann fiel ihm etwas ein. Warum sollte er seine Chance nicht nutzen? „Möchtest du vielleicht mithelfen?", fragte er und hoffte, nicht **Schiffbruch** zu erleiden. Zu seinem Erstaunen überlegte sie es sich nicht lange, nickte und legte ihr Fahrrad an den Rand des Ackers.

Er konnte sein Glück kaum glauben. Bis zum späten Abend gruben sie zusammen Berge von Kartoffeln aus. Jolanda entdeckte immer neue Formen und hielt ihm lachend Knollen, die wie Bananen oder Herzen aussahen, entgegen. Sie hatten so viel Spaß, dass der Tag rasend schnell vorbei ging. Fast ein bisschen traurig radelte er mit Jolanda müde und langsam im **Sonnenuntergang** nach Hause. Doch das änderte sich schlagartig, als sie ihn auf einmal ansah und fragte: „Darf ich morgen wiederkommen?

Ulrike: Die geduldige Zuhörerin

Sie schlenderte der Küste entlang und genoss den salzigen Seewind, der ihr die Bronchien öffnete. Das machte sie nun jeden Tag, seitdem sie hier war.

Besonders der **Sonnenuntergang** am Meer faszinierte sie immer wieder. Sie war hier in Kur, weil sie zu Hause, im Ruhrgebiet, immer wieder starke Asthmaanfälle hatte. Sie spürte, wie gut ihr die Meeresluft tat. Endlich konnte sie wieder tief durchatmen. Sollte sie vielleicht hierherziehen? Toll wäre es, doch ihre Familie machte da sicherlich nicht mit. Sie würden ihr Haus, ihren Garten und die nette Nachbarschaft verlieren, in der sie sich so wohl fühlten. Also musste sie wohl regelmäßig an die Nordsee fahren, um sich zu erholen.

Immer wieder erkundete sie neue Strandabschnitte. Eines Tages traf sie auf ein altes Schiffswrack, das seitlich leicht gekippt im Sand lag. Was war dem Schiff und seinen Matrosen wohl geschehen? Neugierig schritt sie eine morsche Planke empor und schaute in den Schiffsrumpf hinein. Vor ihr lag ein tiefes, schwarzes Loch, in das eine Treppe hinabführte, die sich in der Dunkelheit verlor. Ihre Neugierde schob alle Bedenken zur Seite. Sie schaltete das Licht von ihrem Handy an und kletterte vorsichtig in den Bauch des Schiffs hinunter.

Unten angekommen war ihre Spannung groß. Muffig und modrig roch es, nach Meer und Meerestang. Der Boden war nass und glitschig. Wo der Lichtstrahl des Handys nicht hinkam, war es stockdunkel. Nur durch ein paar Ritzen in der Schiffswand drang schwaches Licht hindurch. Sie leuchtete den Boden aus. Vereinzelt lagen verschrumpelte **Kartoffeln** herum. Die Besucherin nahm eine hoch und roch daran. Daher kam also der muffige Geruch! Dabei fühlte sich die Kartoffel fest an, denn sie war von einer Salzkruste umhüllt. Erstaunlich!

Vermutlich stand sie im Laderaum von dem Schiff. Es hatte vielleicht Kartoffeln transportiert. Doch bevor es sie abladen konnte, kam es in einen Sturm, hatte **Schiffbruch** erlitten und war am Strand auf Grund gelaufen.

Interessant, dachte die Frau, und stieg wieder nach oben ans Licht. Vorsichtshalber verließ sie das Schiff sofort, denn manche Planken schienen ihr nicht mehr sicher zu sein.

Am Nachmittag ging sie in das örtliche Heimatmuseum und fragte nach dem Schiffswrack. Der Kurator freute sich über ihre Fragen. Angeblich gab es nur wenige Leute, die sich hier für etwas interessierten. Schließlich war alles nur „altes Zeug", mit dem er sich beschäftigte. Er führte sie zu einer Vitrine, in der Kartoffeln lagen. Sie waren noch besser erhalten als die im Schiffsrumpf. „Sie sind vom Meerwassersalz konserviert", erklärte der Kurator, „sonst wären sie nicht mehr da." Dann sprach er unaufgefordert weiter: „Seit dem 17. Jahrhundert transportierten Schiffe Kartoffeln von Südamerika nach Europa. ... Während dem 30-jährigen Krieg brachten holländische Soldaten die Kartoffel nach Deutschland. ... Das Schiff, das unten am Strand liegt, kam 1867 in einen starken Sturm und strandete. ...". Der Kurator kam immer mehr ins Erzählen. Er berichtete davon, dass die Kartoffel zuerst nur als Zierpflanze in Gärten angebaut wurde, wegen ihrer hübschen, kleinen Blüten. .... Da sich die Menschen, die Kartoffeln aßen, immer den Magen verdorben hatten, glaubte man, dass die Kartoffel ungenießbar sei. Man hatte sie „giftiges Teufelskraut" genannt. ... Die Kartoffel gehört zu den Nachtschattengewächsen. Alle ihre Teile sind giftig, außer der Knolle, solange sie noch nicht grün ist. ... Erst 200 Jahre später wurde die Kartoffel zu einem Grundnahrungsmittel, vor allem für die arme Bevölkerung ... Sie verhinderte etliche Hungersnöte oder milderte sie zumindest ab. ... 1879 brach in Irland eine Hungersnot aus, weil alle Kartoffeln verfault waren. Darum flüchteten viele Iren nach Amerika ..."

Der Kurator hörte überhaupt gar nicht mehr auf, eine Geschichte nach der anderen fiel ihm ein. Er endete damit, dass Kartoffeln den Boden lockerten, dass sie sehr gesund seien und inzwischen vielseitig genutzt würden, von der Bratkartoffel über den Kartoffelbrei bis zum Kartoffelsalat. Darum würde sie inzwischen sehr geschätzt werden.

Der Besucherin klingelten die Ohren. Alles hoch-interessant, aber kein Wunder, dass der Kurator so selten gefragt wurde. Wer einmal diese Erfahrung gemacht hatte, vermied es wohl das nächste Mal und schaute lieber im Internet nach.

Trotzdem, eigentlich toll, dass es Menschen mit einem so großen Wissensschatz gibt. Es gibt immer weniger von ihnen, weil viele den Fallstrick beschreiten, an den sie gerade gedacht hatte. Die meisten greifen schnell zum Handy, wenn sie etwas wissen wollen. Da sie aber dann keine Lust haben, die langen Texte zu lesen, wird das Wissen immer eingeschränkter.

LEBENSPLAN – LÖWENZAHN – NASENBEIN

Sonja: Veränderung

Dr. Schön stand in seinem modernen Arztzimmer, das von Glas und edlem Holz geprägt wurde und blickte aus dem Fenster in den angrenzenden Park hinaus. Wie schon oft in den letzten Wochen. Auch nicht zum ersten Mal verfolgte er das Tun des Hausmeisters, der wieder einmal mit einem Unkrautstecher den **Löwenzahn** aus dem gepflegten Rasen entfernte. Soweit er das beurteilen konnte, machte der Hausmeister, der wie sein verstorbener Vater Johann hieß, dies mit einer solchen Hingabe, dass der Arzt das Gefühl hatte, diese einfache Tätigkeit könne tatsächlich Spaß machen.

Es klopfte. Seufzend drehte Dr. Schön sich um und rief: „Herein!" Die nächste Patientin betrat das Zimmer. Eine junge, schöne, großgewachsene Frau. Sie blickte ihm erwartungsvoll entgegen, als er auf den Stuhl zeigte: „Bitte nehmen Sie Platz." Aufmerksam und ruhig sah er sie an. Die junge Frau zeigte aufgeregt auf ihre Nase. „Das **Nasenbein**", erklärte sie und tippte darauf, „muss unbedingt korrigiert werden!". Er versuchte zu erkennen, was ihr Problem war. Sicher, das Nasenbein war nicht vollkommen gerade gewachsen, aber das störte in ihrem ebenmäßigen

Gesicht keineswegs. Im Gegenteil, die Nase war das einzige Merkmal, das ihrem Gesicht eine persönliche Note gab. Nach der Operation würde sie aussehen wie Dutzend andere, sobald die kleine Unregelmäßigkeit nicht mehr vorhanden war.

Solche Korrekturen hatte er in den letzten Jahren zu Hunderten durchgeführt. Oft mehrere an einem einzigen Tag. Ganze Schwärme von glücklichen, frisch operierten Klienten hatten seine Klinik mit einem Strahlen im Gesicht verlassen. Nicht wenige hatten vorher unter psychischen Problemen gelitten.

Am Anfang hatte ihn das glücklich und stolz gemacht. Er korrigierte alles, was es zu korrigieren gab: verkleinerte, vergrößerte, entfernte oder polsterte auf. Reizte die Möglichkeiten der Chirurgie und sein Können voll aus. Meist bis spät in der Nacht und selbst am Wochenende operierte er zahlungswillige und ungeduldige Patienten. Dass die Menschen bereit waren, für diesen Eingriff so viel Geld auszugeben und sich unters Messer zu legen, hatte er nie verstanden. Doch ihm hatte es Wohlstand und Reichtum beschert.

Allerdings war er seit einer Weile immer unsicherer geworden, ob er das alles brauchte. Ob ihn dieses Leben glücklich machte. Er war sich darüber im Klaren, dass er damit seine eigene Lebenszeit verschwendet hatte. Zeit, die er mit seiner Familie hätte verbringen können. Nie konnte er bei einem Elternabend oder einem Schulfest teilnehmen. Als ihn seine Frau verließ, hatte er die große Veränderung und Leere in seinem Leben zunächst nicht einmal wahrgenommen. Doch in letzter Zeit kamen ihm Zweifel, die sich nicht mehr beruhigen ließen. Fragen, auf die er keine Antworten hatte.

Er räusperte sich. „Vielleicht sollten wir das Natürliche in ihrem Gesicht erhalten", setzte er an und schaute zu der Patientin. „Wie bitte?", fragte die Frau, die wohl glaubte, sich verhört zu haben. Dabei starrte sie ihn ungläubig an. Als er nichts weiter dazu sagte, fragte sie genervt: „Was soll das heißen?" Er zuckte mit den Schultern und erklärte: „Sie haben ein schönes Gesicht. Belassen Sie es dabei!" Verdattert blickte ihm die Frau entgegen. Ihre Augen verengten sich: „Sie wollen mehr Geld für die Operation." Das war keine Frage, sondern eine Feststellung. Das war ja klar, dachte er müde, immer wurde zuerst ans Geld gedacht. Abwehrend hob er die Hände. Er hatte keine Lust noch mehr zu erklären. Für ihn war dieses Gespräch beendet, deshalb stand er auf und drehte sich wieder zum Fenster. „Das ist ja die Höhe, das gibt es doch nicht!", rief jetzt die Patientin mit einer Stimme, die ein paar Oktaven höher klang. „Ich bin extra von weit hergefahren, weil es hieß, dass Sie der Beste sind. Und jetzt … Ich kann es nicht fassen." „Die

Kosten für die Anfahrt werde ich Ihnen erstatten", legte der Mediziner noch nach, damit sie endlich Ruhe gab, dabei starrte er weiter zum Fenster hinaus. Es dauerte ein paar Sekunden, die ihm wie eine Ewigkeit vorkamen, bis die Frau begriff, dass es ihm ernst war. Dann hörte er, wie der Stuhl abrupt nach hinten geschoben wurde und die Türe mit einem lauten Krachen zuflog.

Er beobachtete, wie sich der Hausmeister aufrichtete, den Rücken streckte und dabei nach oben schaute. Als er den Chefarzt erblickte, hob er die Hand zum Gruß. Dr. Schön winkte zurück. Ein überraschtes Staunen erschien auf dem Gesicht des Hausmeisters und er lächelte. Dr. Schön hatte das Gefühl, dass der Hausmeister als Einziger verstehen würde, was in ihm vorging. Denn es war ihm klar geworden, dass er einen neuen **Lebensplan** brauchte. Und zwar einen, der etwas mit der Natur zu tun hatte und vielleicht sogar mit Löwenzahn. Das war ihm beim Betrachten des Hausmeisters endgültig klar geworden.

Der Mediziner verließ das Haus. Er fuhr mit seinem weißen Cabrio davon und sah die Klinik, die bis jetzt sein Leben bedeutet hatte, im Rückspiegel immer kleiner werden. Ohne Reue gab er Gas und freute sich auf die neue Zeit.

Ulrike: Es war nur ein Traum

Nun war Nadja schon vier Wochen zu Hause und wusste immer noch nicht, wie es weitergehen sollte. Täglich las sie die Stellenausschreibungen in der Zeitung. Doch bisher war nichts dabei gewesen, was sie verlockend fand. In der heutigen Ausgabe bot die Agentur für Arbeit Hilfen bei der Stellensuche und Tipps für Bewerbungen und Vorstellungsgespräche an. Sie lud Interessenten zu einem persönlichen Beratungsgespräch ein.

Da tauchten in Nadja Erinnerungen auf, die sie eigentlich für immer vergessen wollte.

Sie war bei dem Versuch, sich ihren Traumberuf zu erfüllen, gescheitert. Nun musste sie ihren **Lebensplan** umschreiben. Doch sie wusste noch immer nicht, in welche Richtung sie ihr weiteres Leben lenken sollte.

Ihr Traumberuf war eine Karriere als Model gewesen. Ein harter Beruf, hatten alle gesagt. Doch das war ihr egal. Schon seit ihrer Kindheit träumte sie davon, über den Laufsteg zu gehen und ausgefallene Kleidungsstücke zu präsentieren.

Nach ihrem 18. Geburtstag hatte sie sich bei einer Modelagentur beworben und wurde zu dem nächsten Casting eingeladen.

Zuvor war sie bei einer Farb- und Stilberaterin gewesen, um sich Tipps für ihre Kleidung zu holen. Eine Haarstylistin machte ihr eine neue Frisur.

Das alles kostete eine Stange Geld, aber sie sah das als eine notwendige Investition in ihre Zukunft an.

Sie wollte bei ihrer Vorstellung ein Kleid tragen, das so gelb wie die Blüten vom **Löwenzahn** war. Das passte bestimmt sehr gut zu ihren langen, schwarzen, lockigen Haaren und ihrem dunklen Teint. Dieses Kleid ließ sie sich extra von einer Schneiderin anfertigen. Auch das kostete sehr viel Geld. Das bekam sie von ihrer Mutter, denn sie wünschte ihrer Tochter vollen Erfolg.

Am Tag vor dem Casting ging Nadja zum Friseur. Stolz präsentierte sie sich danach in voller Montur ihren Freunden. Die bewunderten ihre geschmackvolle Erscheinung. Dann probte sie vor ihnen ihren Auftritt. Der aufrechte, lockere Gang mit dem starr nach vorne gerichtetem Blick und die unbewegliche und doch unverkrampfte Mimik waren gar nicht so einfach. Sie probte es mehrfach. Es war irritierend und anstrengend, wenn alle Blicke auf ihr ruhten, sie aber nicht zurückblicken und lächeln durfte. Am liebsten hätte sie ihre Freunde stolz angestrahlt. Sie wünschte sich, ein gefühlloser Roboter zu sein.

Dann war der große Tag da. Ihre Mutter fuhr sie zur Agentur, wo sie pünktlich um 9.00 Uhr anwesend sein musste. Es warteten schon einige Konkurrentinnen. Sie hatte gar nicht gewusst, dass so viele eingeladen waren. Alle sahen genauso schick und herausgeputzt aus wie sie. Plötzlich kam sie sich gar nicht mehr so siegessicher vor. Vor allem die große Blonde in dem königsblauen Seidenkleid, das ihre schlanke Figur und die langen Beine besonders gut betonte, schüchterte sie ein.

Nicht beirren lassen, sagte sie sich und verschwand erst einmal aufs WC. Dort richtete sie ihr Makeup noch einmal her. Verdammt, beim Nachziehen ihrer rechten Augenbraue rutschte sie aus und verschmierte sich. Sie musste noch einmal ganz von vorne anfangen. Endlich war sie fertig und mit sich zufrieden.

Sie verließ die Toilette. Der Flur war leer. Wo waren die anderen hin? Sie hörte nichts! Niemand war da, den sie fragen konnte! Nirgends ein Schild, das ihr den Weg zeigte! Zu spät kommen, das war wohl nicht vorgesehen.

Sie geriet in Panik. Wo sollte sie hin? Hatte die Vorstellung schon begonnen? Ohne sie? Ihr Herz schlug schneller. Sie hastete die Treppe hoch. Hier war ein langer, leerer Flur mit vielen geschlossenen Türen. Alles war still. Sie hörte keine Stimmen. Sollte sie die Türen öffnen und in die Räume hineinschauen? Das würde viel Zeit kosten. Doch es blieb ihr nichts anderes übrig. Alle Türen waren abgeschossen. Ihre Verzweiflung stieg.

Nun hastete sie die nächste Treppe hoch. Völlig kopflos nahm sie dabei zwei Stufen auf einmal. Und da geschah es. Sie stolperte über eine Stufe und schlug der Länge nach auf die Treppe. Ihre Nase knallte dabei mit voller Wucht auf eine Kante.

Ein heftiger Schmerz durchfuhr sie. Sie befühlte ihre Nase. Sie war feucht, ihre Hand rot. Doch nicht nur ihre Hand, auch die Treppe war voller Bluttropfen, die schnell mehr wurden. Und dann sah sie, dass auch ihr schönes Kleid blutverschmiert war. Ihre Nase tat so furchtbar weh! Vermutlich war ihr **Nasenbein** gebrochen. Tränen schossen ihr aus den Augen und flossen über die Wangen.

Und plötzlich war sie nicht mehr allein. Sie hatte wohl einen Schrei ausgestoßen, den die anderen gehört hatten. Nun war sie von ihren Konkurrentinnen umringt. Die Agentin half ihr auf die Beine und rief einen Krankenwagen.

Zum Abschied sagte sie: „Das tut mir sehr leid. Lassen Sie Ihre Nase heilen und kommen Sie dann wieder. Alles Gute!"

Doch der Traum vom Mannequin war ausgeträumt. Als sie das Krankenhaus verließ, war klar, dass sie nie wieder eine gerade Nasen haben würde. Sie war nicht mehr perfekt.

BÜCHERREGAL – ERBE – WEG

Inge: Das Schwergewicht

Eine wie sie ...

Seit Jahren erwägt sie, endlich einen Sockel zu erwerben für die Skulptur aus dem **Erbe** ihres verstorbenen Mannes.

Die, wie deutlich sichtbar, von Termiten zerfressene Figur stellt einen Antilopenkopf dar, der vermutlich bei Kulthandlungen verwendet wurde. Unter dem gehörnten Kopf weitet sich der Hals und bildet eine Art umgedrehte Schüssel. Die am unteren Rand angebrachten Löcher legen nahe, dass das Ding mit Bändern auf dem Kopf des Trägers befestigt wurde.

Das afrikanische Kunstwerk hatte ihren Mann durch die letzten Monate seiner Krankheit begleitet. Er hatte Afrika geliebt, die Kunst wie die Schönheit seiner Menschen.

Dieses Andenken will sie nach über 10 Jahren Provisorium endlich auf einem repräsentativen Sockel angemessen zur Geltung bringen.

Im Internet findet sich schnell eine Reihe von Möglichkeiten. Die angebotenen Hölzer entsprechen zunächst nicht ihrer Vorstellung. Dann stößt sie auf eine Firma, die mit Meerholz handelt, was ihr ausgefallener vorkommt als Eiche. Gewöhnliche

Fichte würde schon gar nicht in Frage gekommen. Man hatte ihr vorgeschlagen, einen passenden Karton weiß zu bemalen. Das wollte sie auf keinen Fall.

Es sollte also das Meerholz werden. Sie misst die gewünschte Größe penibel aus und wird tatsächlich fündig. Die Transportkosten sind mit 4,99 € angegeben, unfassbar günstig erscheint ihr das für den langen **Weg** von der Küste nach Süddeutschland. Also ab damit in den Warenkorb und weiter zur Kasse. Glücklich ist sie über den schönen Fund.

Der inzwischen eingetroffene Sockel stellt sie dann allerdings vor ungeahnte Herausforderungen.

Seit Tagen wartet er in Originalverpackung an der Außenwand ihres Wohnzimmers auf seinen Einsatz. Ihre Stimmung ist von Vorfreude auf Sorge gesprungen. Der Paketbote hatte darauf bestanden, den Sockel eigenhändig am vorgesehenen Platz abzusetzen. Er sei doch sehr schwer, den könne sie nicht tragen, hatte er abgewehrt, was sie zu einem Trinkgeld von 10 € verführt hatte.

Und in der Tat: Das Paket bringt stolze 30 kg auf die Waage. Abgestürzte Balkone, ja verstörend in den Himmel ragende Hauswände tun sich in den folgenden Stunden in ihrer Vorstellung auf. Bei Erdbeben, das weiß sie von ihrem Vater, sind die Überlebenschancen am größten, wenn man sich an einer Wand aufhält. Dort ist die Statik am verlässlichsten. Natürlich, deswegen stehen **Bücherregale** auch stets an der Wand, kombiniert sie.

Sie kommt mehr und mehr in Not und greift zum Telefon. „Meine Schränke mit all dem Geschirr bringen ja bereits eine Menge Gewicht auf den Boden", äußert sie besorgt in dem Gespräch, das sie mit der Freundin zu ihrer seelischen Entlastung führt. Inzwischen hat sie den Sockel bereits vom Teppichrand unmittelbar an die Wand geschoben, wie sie ihr berichtet. Die Freundin lacht, aber ihr gutmütiger Versuch, die für sie reichlich unberechtigte Sorge zu zerstreuen, fruchtet wenig.

Am nächsten Tag versucht die Verängstigte – nur zum Vergleich – den Holzwürfel anzuheben, den die Hautärztin als Ablage neben den Stühlen im Treppenhaus unter ihr platziert hat, damit die Patienten sich in der Coronazeit nicht im Wartezimmer ballen. Auch der ist unfassbar schwer. Eine Erkenntnis, die keineswegs geeignet ist, die eigene Angst um die Standfestigkeit des Hauses zu zerstreuen.

Ein befreundetes Ehepaar, das sie bei einem gemeinsamen Abendessen wegen ihrer Unruhe ebenfalls zu Rate zieht, versorgt sie freundlicherweise mit dem Hinweis, dass es ja auch nicht ratsam sei, mehr als acht Personen in der Wohnung zu haben. Für den Fall, dies sei unvermeidlich, sollten sich die Gäste am besten stets an den Wänden aufhalten.

Irgendwie schöpft sie Verdacht an der Ernsthaftigkeit des Ratschlags. Vollends dann, als die Bemerkung fällt, „Bücherregale und Schränke mitten im Wohnraum wären vielleicht doch etwas gefährlich."

Unter wachsendem Gelächter - auch vonseiten der nun scheinbar Überzeugten – spielen sie beim Essen gemeinsam die verschiedensten Möglichkeiten durch, die geeignet wären, eine gefährliche Überlastung von Zimmerdecken bzw. -böden zu verhindern. Mit ihrer Bemerkung, dass sie sich zum Glück noch vor dem Eintreffen des Sockels habe die Haare schneiden lassen, treibt sie selbst die Heiterkeit noch auf die Spitze.

Doch der Zweifel bleibt ihr. Seit die Angst sie am Wickel hat, führt kein Weg hinaus. Immer noch steht der Sockel, unausgepackt, an der Wand. Eine neue Sorge plagt sie: Ist das Schwergewicht gesundheitlich auch wirklich unbedenklich? Immerhin handelt es sich um Meerholz, und das dürfte doch imprägniert sein! Giftig oder was?

Sonja: Das Vermächtnis

Als mein Handy klingelt, bin ich in Tibet. Ich bestaune diese wunderbare Landschaft und trabe meinem Guide hinterher, zusammen mit einer Clique junger Leute. Wir haben gerade unser Studium beendet und nehmen uns eine Auszeit. Jeder von uns kommt aus einem anderen Land; wir unterhalten uns auf Englisch.

Da mein Handy immer wieder klingelt, beschließe ich irgendwann, es herauszuholen. Die Nummer auf dem Display kenne ich nicht. Die anderen schauen etwas irritiert, weil ich so lange zögere. „Was ist?", frage ich unfreundlich, als ich das Gespräch annehme. Eine dunkle, seriös wirkende Stimme erklärt mir, dass er der Notar meines Vaters sei. Das Wort Vater löst in mir Beklemmungen aus und ich will das Gespräch schon wegdrücken, als ich höre wie der Notar sagt: „Ich habe Ihnen etwas Wichtiges mitzuteilen."

Pah, das kann nur einer sagen, der nichts von meinem Leben weiß, denke ich. Deshalb belle ich ins Telefon: „Sagen Sie mir, was ich bei meinem Vater jetzt schon wieder falsch gemacht habe?"

Er räuspert sich und sagt dann: „Ihr Vater ist verstorben." Das ändert natürlich einiges. Sogar alles, wenn ich es mir genau überlege. „Danke für die Information, den Rest will ich gar nicht wissen", erwidere ich. „Ich melde mich." Dann drücke ich das Gespräch weg.

„Something happened?", fragt mich der Guide gleich darauf. Ich zucke mit den Schultern: „Nichts Wichtiges."

Am Abend buche ich eine Maschine zurück nach Hause und verabschiede mich von den anderen. Von meinem Vater sage ich nichts. Das braucht niemand zu wissen.

Als ich in Hamburg lande, bitte ich den Taxifahrer einen Umweg zu unserer Firma zu machen, um zu sehen, wie sich der Gebäudekomplex in den Jahren, in denen ich weg war, verändert hat. Kurz darauf steige ich betrübt und niedergeschlagen vor der riesigen elterlichen Villa aus. Der Taxifahrer sieht mich an, dann aufs Haus und fragt: „Arbeiten sie für die Familie?" Ich nicke, alles andere würde er doch nicht verstehen. „Alles Gute", sagt er noch. Ja, das werde ich auch brauchen, denke ich.

Am nächsten Morgen vereinbare ich einen Termin mit dem Notar. Ich möchte wissen, wie groß mein Vermögen ist. Um alles andere brauche ich mich nicht zu kümmern, denn ich bin mir sicher, dass mein Vater seine eigene Beerdigung und die Zeremonie festgelegt und die Annoncen bereits im Voraus formuliert hat.

Der Notar empfängt mich freundlich. „Sie brauchen sich keine große Mühe zu geben, ich will nur wissen, wie viel ich erbe und wie ich an mein Geld komme", sage ich kurz angebunden. Er räuspert sich und zeigt auf den Stuhl vor seinem großen Tisch.

Aus einem Umschlag entnimmt er ein Blatt und räuspert sich noch einmal. Über den Rand seiner Brille schaut er mich an und ich werde ungeduldig. Gerade als ich loslegen will, hebt er die Hand und sagt kurz und bestimmt: „Aktuell erben sie nur das **Bücherregal** im Lesezimmer ihres Vaters."

Der macht wohl Witze, denke ich. Aber als ich in das Gesicht des Notares blicke, weiß ich, dass er es ernst meint. „Dieses Bücherregal enthält eine ausgesuchte Reihe von Werken. Diese Werke hat Ihr Vater für Sie als sein Vermächtnis und seine Hilfe für Ihr weiteres Leben ausgesucht." Ich frage mich, was er damit meint. Aber mein Vater war schon immer sehr erfinderisch darin, mir das Leben schwer zu machen. „Damit sichergestellt ist, dass sie sich dieses Wissen angeeignet haben, hat er eine Reihe von Fragen vorbereitet, die sie mir beantworten müssen, bevor weitere Schritte eingeleitet werden", meint er weiterhin.

Ich japse nach Luft. Springe auf, laufe im Zimmer umher. „Das lasse ich mir nicht gefallen. Das ist mein **Erbe**, ich will mein Geld." Der Notar bleibt gelassen sitzen und verschränkt die Arme. „Ihr Vater hat mir schon gesagt, dass sie so ähnlich reagieren würden. Ich habe strikte und unbedingte Anweisungen erhalten." Dann steht er auf. „Melden sie sich bei mir, wenn sie ausgelesen haben", sagt er bei der Verabschiedung an der Türe, und ich bin mir sicher, dass er ein klein wenig lächelt.

Ich rase zurück, stürme in das Lesezimmer und betrachte das vollgestopfte Bücherregal. Wütend werfe ich alle Bücher herunter und sie purzeln quer durch den Raum. Das hat sich mein Vater ja super ausgedacht. Der diktiert sogar mein Leben, selbst wenn er nicht mehr da ist! Das Buch mit dem Titel: „Modernes Finanzmanagement und Portfolio-Analyse" fliegt quer durch den Raum. „Du kannst mich mal!", rufe ich laut und sinke dann verzweifelt auf den Boden.

Tränenüberströmt sitze ich mitten im Zimmer und blicke auf die vielen Werke. Wie so oft komme ich mir dumm, überflüssig und ausgetrickst vor. „Ich hasse dich!", rufe ich laut und trete gegen das Regal.

Da fällt das letzte noch übrig gebliebene Buch herunter und mir direkt vor die Füße. Blinzelnd lese ich den Titel: Eine Reise nach Tibet. Vorsichtig nehme ich es in die Hand. Schlage die erste Seite auf. Es scheint ein älteres Buch zu sein. Ich blättere durch die Seiten und lese die ersten Zeilen. Es klingt interessant. Warum hatte mein Vater dieses Buch? denke ich. Nachdem ich mich bequemer hingesetzt habe, vertiefe ich mich in den Text. Das Buch handelt von der Reise einer jungen, unausgeglichenen Frau, die sich in Tibet eine Auszeit nimmt und durch die Erfahrungen mit dem Land, dem einfachen Leben und den herzlichen Menschen endlich ihre Ruhe und

Bestimmung findet. Ich kann nicht aufhören zu lesen und lege mich auf die gemütliche Couch, die in dem Zimmer steht. Nach und nach entspanne ich und werde eins mit dem Text.

Als ich morgens aufwache, liegt das Buch auf mir und ich fühle mich irgendwie ausgeglichener. Ich stehe auf und räume das Regal wieder ein. Auf einmal tut es mir leid, wie ich mich gestern benommen habe. Ich ordne die Titel nach Themen und stelle fest, dass die Werke ein Kaleidoskop durch das Leben sind: über Finanzen, Architektur, Philosophie und Kinder-erziehung. Tagelang sitze ich in diesem Zimmer und lese mich in eine Welt, von der ich bisher nichts wissen wollte.

Als ich das letzte Buch aus der Hand lege, glaube ich, dass ich für den **Weg** und die Verantwortung, die vor mir liegen, gerüstet bin. Für diesen Weitblick muss ich meinem Vater noch im Nachhinein danken.

Ulrike: Die enttäuschte Tochter

„Ich muss noch unbedingt die Bücher aussortieren", dachte Lore, als sie vor dem **Bücherregal** stand. „Die kann ich unmöglich alle mit umziehen." Die Fachböden quollen über. Zum Teil standen die Bücher in zwei Reihen hintereinander, viele lagen quer über den Stehenden.

„Dann sehe ich auch, was ich alles habe." Voller Tatendrang machte sie sich ans Werk.

Mit der Zeit entstanden zwischen den Büchern im Regal immer mehr Lücken. Gleichzeitig wuchs neben ihr ein Stapel aussortierter Bücher in die Höhe. Es waren vorwiegend Bücher, die sie von ihren Eltern geerbt und aus Pietätsgründen ins Regal gestellt hatte. In kaum eines der Bücher hatte sie bisher hineingeschaut. Die Titel fand sie einfach nicht interessant.

Und nun sollten sie endlich alle weg.

Nachdem Lore mit dem Regal fertig war, nahm sie die Bücher portionsweise vom Stapel herunter und trug sie zur Papiertonne. Als sie den **Weg** zum dritten Mal lief, stolperte sie. Die Bücher auf ihren Armen hatten ihr den Blick zum Boden versperrt. Sie fielen alle herunter.

Beim Aufsammeln entdeckte Lore ein zusammengefaltetes Blatt, das aus einem Buch herausgerutscht sein musste. Sie nahm es auf und starrte auf das Wort: TESTAMENT. Da war es ja, das Langgesuchte!

Es war das Testament ihrer Mutter. Nach ihrem Tod hatten sie und ihre Schwester vergeblich danach gesucht. Neugierig begann Lore zu lesen. Ihr Magen verkrampfte sich. Wut stieg in ihr hoch. Ihre Mutter hatte verfügt, dass ihre Schwester zur Haupterbin eingesetzt wird und sie, Lore, sollte nur den Pflichtteil bekommen!

„Was für eine Ungerechtigkeit!" Doch eigentlich wunderte es Lore nicht. Ihre Mutter hatte immer ihre Schwester bevorzugt. Warum dann nicht auch im Tod? So sehr hatte ihre Mutter sie also verabscheut, dass sie ihr sogar ihr **Erbe** entzog!

Mangels eines Testaments war das Haus, in dem die Mutter gewohnt hatte, zu gleichen Teilen zwischen ihr und ihrer Schwester aufgeteilt worden. Sie hatten das Haus verkauft und mit ihrem Anteil hatte sich Lore eine Wohnung gekauft, in die sie gerade umziehen wollte. Und nun sollte sie, laut diesem Testament, nur einen Pflichtteil erhalten! Sie sollte die Hälfte ihres Erbes ihrer Schwester abgeben!

Welche Folgen hatte das für sie? Sie könnte sich ihre neugekaufte Wohnung nicht mehr leisten! Alle ihre Zukunftsträume würden zerplatzen!

Was sollte sie machen?

Ein Gedanke stieg in ihr hoch, machte sich breit und setzte sich fest.

Niemand wusste etwas von dem Testament. Und so konnte es auch bleiben! Ihre Mutter hatte es nicht verdient, dass ihr letzter Wille geachtet wird. Lore zerriss das Testament in kleine Fetzen und warf sie in den brennenden Ofen.

Danke!

Wir sind drei Frauen, die sich über das Schreiben kennengelernt haben.

Was zunächst als spontane Idee begann, entwickelten wir nach und nach zu einem schönen, gemeinsamen Projekt, das als Buch endete: Drei spontan in den Raum geworfene Wörter werden von allen dreien im stillen Kämmerlein oder an lauschigen Plätzen zu drei Geschichten zusammengefügt, die unterschiedlicher kaum sein können.

Gut zweieinhalb Jahre lang haben wir uns damit beschäftigt und im Abstand von mehreren Wochen zum Austausch getroffen.

Während wir in der Anfangsphase wegen Corona schon bald im Zoom Meeting tagen mussten, haben wir danach unsere Treffen mit einem gemeinsamen Brunch oder Mittagessen begonnen. Auch zwei Wochenendausflüge an einen oberschwäbischen See inspirierten uns beim Schreiben.

Wir haben uns unsere Geschichten immer vorgelesen und waren dabei einander zuverlässige und hellwache Zuhörerinnen, Kritikerinnen und Unterstützerinnen. Das hat zu vielen anregenden Diskussionen geführt und großen Spaß gemacht.

Und immer war Pollux dabei, unser unerschrokkener, vierbeiniger Begleiter. Er hat uns aufgemuntert und für unsere Bewegung gesorgt. Bei Spaziergängen konnten wir uns entspannen, haben viel geredet, gelacht und uns immer besser kennengelernt.

Mit der Zeit verstanden wir auch zunehmend besser, was eine gute und anregende Geschichte braucht. Gleichzeitig haben wir unseren individuellen Schreibstil weiterentwickeln können.

Bei allem sind auch unsere Unterschiede deutlich geworden. Wir haben sie ausgehalten und respektiert.

Für all das danken wir uns gegenseitig.

Inspirierend waren für uns die Schreibwerkstätten mit Heidemarie Köhler und Eleonore Wittke (SiC: Schreiben im Café, Reutlingen) sowie der Leitfaden von Eleonore Wittke: „Gut und kurz: So will ich schreiben".

Platz für eigene Gedanken und Geschichten